# 神秘森林驚魂夜

人狐一家親 4

富安陽子 著

大庭賢哉 繪 林欣儀 譯

晨星出版

# 目錄

# 人狐一家親 4
CONTENTS

# 登場人物介紹

●信田一（爸爸・阿一）……大學植物學教授。小時候的小名是阿一。是本集故事主角。

●信田幸（媽媽・阿幸）……不顧狐狸一族大力反對，與人類爸爸結婚的堅強媽媽。

●信田結（小結）……信田家的長女。小學五年級，拚命保護一家人的祕密。

●信田匠（小匠）……信田家的長子。小學三年級，跟爸爸一樣喜歡生物。

●信田萌（小萌）……信田家的次女。三歲，人見人愛的老么。

●夜叉丸（夜叉丸舅舅）……媽媽的哥哥。自視甚高的浪子，狐狸一族的麻煩人物。

●季（小季）……媽媽的妹妹。變身高手。喜歡變成美女。

●萬屋源太郎（會長）……「曼陀羅兒童會」的會長。「夏季野外教學」是他的最愛。

●花田太太……花田文具店的老闆娘。「曼陀羅兒童會」的書記。

●江島太太……玉置神社住持的太太。「曼陀羅兒童會」的會計。

# 家族關係圖

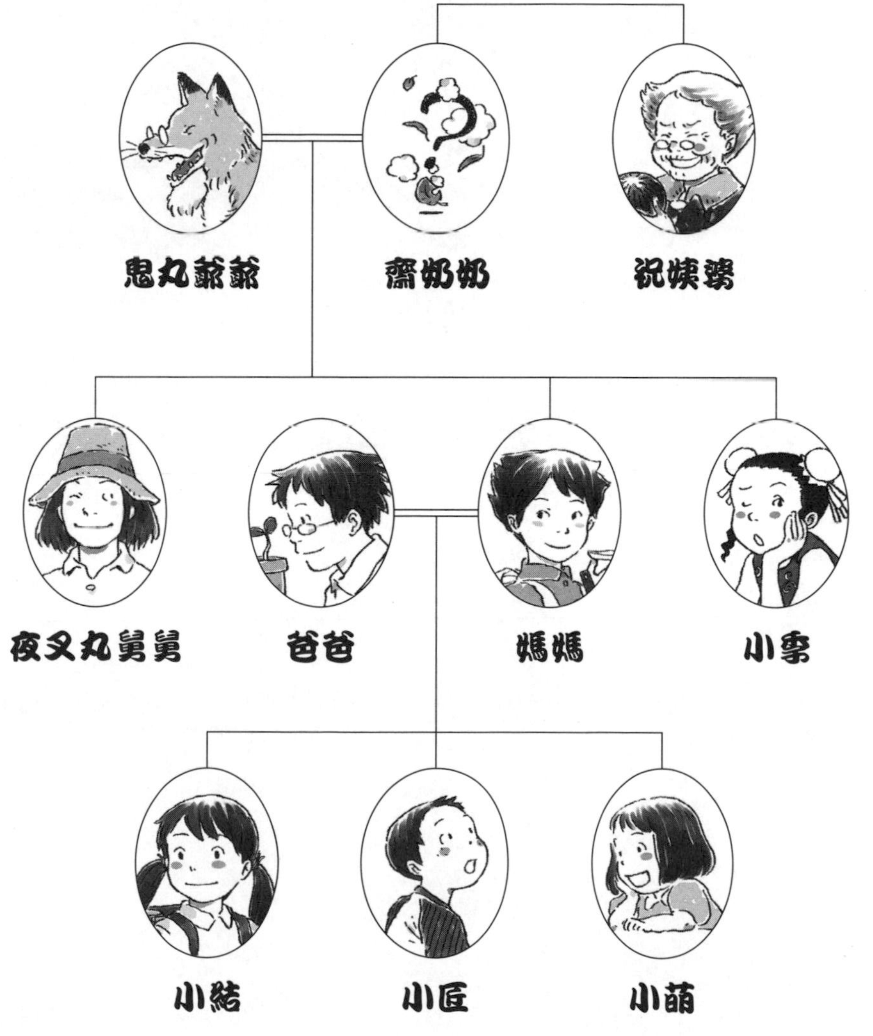

# 1 曼陀羅兒童會

那年夏天，發生了撼動門前町的大事。是什麼事情這麼嚴重？那就是「曼陀羅兒童會」主辦的「夏季野外教學」活動，只有三個人來報名。

曼陀羅兒童會，是門前町一帶勢力最大的兒童集會。公車站旁邊的雜貨店「萬屋百貨」，其老闆擔任會長已經有十年左右的時間了。

「只有三個人報名，我從來沒遇過這種事！」

今年由花田文具店的老闆娘擔任兒童會的書記，她鐵青著臉喃喃

自語，玉置神社住持的太太也跟著皺眉嘆氣。

「這樣我怎麼跟會長說呢？」

玉置神社的江島太太，今年擔任兒童會的會計。她這話一說出口，花田書記也跟著皺起眉頭。

「……說不出口？不說又該怎麼辦呢？總不可能瞞得住吧。因為每年都是會長親自帶領孩子們舉辦『夏季野外教學』啊……」

「所以我們要在開辦之前用力拉人啊。妳想想，會長要是看到只有三個人，會有什麼表情？他就是因為能夠舉辦野外教學，才接下會長職務的。如果這次沒弄好，說不定他就不幹了呢！如果他不做了的話要怎麼辦？妳應該知道，會長對曼陀羅兒童會的活動貢獻良多吧。盂蘭盆節的時候，會長都會提供點心跟果汁，就連秋天的地方運動會的獎品，也都是萬屋百貨獨家提供的呢！」

「嗯哼，我們家也有提供筆記本當過獎品呀。」

花田書記略顯不悅，江島會計則是嘆了口氣，看著花田書記。

「是啊，妳說得對。但是這麼一來，明年妳老公要當會長嗎？一旦當了會長，秋天祭典從早到晚都要烤章魚燒，新年兒童祭典還要烤年糕烤到站不起來呢。對了，耶誕節餐會還得扮耶誕老人……」

「我想我家老公一定不會願意接吧。」

花田太太先打了預防針。

「畢竟商店街公會的工作已經很忙了。」

「對吧？每個人都說很忙，沒有人會想做啦。」

江島會計彷彿要給奄奄一息的花田太太最後一擊，又接著說下去，「其實這也不是妳的錯啦。大家都不想當會長啊。『向日葵兒童會』跟『藍天兒童會』每年也都爲了推選會長，而傷透腦筋呢。只有萬屋會長一個人，連續十年都自願當會長，對吧？妳聽好了，以後還是要讓他當會長才行，我們才會輕鬆。所以無論如何，都要維持會長最大的樂趣，把『夏季野外教學』辦好！只有三個人參加就完蛋了。至少要找到十五……不對，只要十個就好……」

「妳說得一點都沒錯。」花田太太說，「但我們要去哪找其他人參加？在報名截止前，我們已經打電話到每位兒童會會員的家裡，拜託他們參加啦。結果參加的只有妳家的小誠，還有我家的勇氣跟元氣吧？」

這時江島太太反駁了花田太太。

「還有一個啊……妳記得吧？那個二年級的柴山啓太也很想去啊。」

花田太太搖搖頭，莫可奈何地嘆了氣。

「他才剛轉學過來，媽媽也不太熟悉環境，還不是妳強力施壓，讓她以為非參加不可？誰叫妳要說『這一帶的小學生幾乎都有參加夏季野外教學』這種大話？感覺好像詐騙集團，連我都聽不下去了。」

江島太太若無其事地說：「咦？我有說過這種話嗎？」

花田太太又繼續抱怨。

「其實這時間點也太差了。竟然選在暑期輔導的正中間，大家一定都很忙啦。而且三天兩夜也太麻煩了。像我們兩個也要跟著去參加，暑假期間，家裡面都沒大人，也是很傷腦筋呢。不如跟會長商量一下換個日期，或是改成當天來回的野營活動之類的……」

江島太太一聽，狠狠給了花田太太一個白眼。

「這種話妳怎麼說得出口呢？妳應該也知道，會長花了多少工夫才訂到那個『幸福森林露營場』吧？之前我們用的青少年野外活動中心，今年已經被全國藏寶同好會訂去當夏季大會會場，所以沒有地方給我們用了。以前連六月的時候預定都還不成問題的說……後來是會長東奔西走，好不容易才訂到那個場地，打電話通知我的時候還喜極而泣呢。妳現在要我請他改日期，打死我都說不出口！」

花田太太這下嘆的氣，可是比海還深了。

「那不就束手無策了嗎？已經找不到別人了。是說，友則太太家的小茜跟小綠姊妹，正在考慮要讓她們哪一個參加，費點工夫的話或許兩個都會來吧……這麼一來，我家的勇氣跟元氣，妳家的小誠，再加上小茜跟小綠就有五個了……啊，對了，還有被妳騙到的啓太……最多也就六個啊，絕對找不到十個的。而原本每年都會參加野外教學的六年級生都已經畢業上國中了，所以也沒辦法啊。光是去年的六年級生就少了八個人……」

聽到這裡，江島太太突然眼睛發亮。

「對了！」

「啊？什麼對了？」

江島太太對著驚訝的花田太太，露出一抹微笑。

「既然沒有小學生參加，那也只能拉國中生來呀！沒錯！那些常來的熟面孔，只要邀請一定會參加的。反正閒著也是閒著嘛。」

「呃……不過……」花田太太猶豫地看著江島太太。

「這可是兒童活動啊。國中生都已經不是兒童了，要怎麼邀請他們？」

「同學會！」江島太太靈機一動，高聲呼喊這個點子。

「啊？」花田太太歪著頭，不明就裡。

「問他們要不要參加同學會呀，曼陀羅兒童會的同學會。跟他們說，今年舉辦兒童會的同學會，所以國中生也能參加野外教學，這樣就好了。會長也一定希望大家能來玩吧。」

「可是……這樣要怎麼跟會長說明呢？總不能說因爲人數不夠，只好找國中生來湊吧？」

江島太太笑得更得意了，宛如一球甜美的香草冰淇淋。

「當然不能這樣講啦。只要跟會長說，去年的六年級生無論如何都想參加今年的野外教學就好啦。比方說，升上國中還是忘不了野外教學的歡樂什麼的……」

花田太太看著江島太太沉醉在自己的靈感之中，不由得聳了聳肩，嘆了一口氣。

「妳還真是創意無限、熱情奔放。嫁給神社住持真委屈妳了。」

江島太太厚著臉皮回嘴：「有什麼不好？這可是曼陀羅兒童會第一次的同學會呢。今年夏天肯定會比以往都特別喔。」

此時，江島太太並不知道自己這句話將成爲更強烈的現實。因爲沒有人知道，今年夏天幸福森林的露營場，即將發生一連串不可思議的事情。

這時候，萬屋百貨的老闆，也就是曼陀羅兒童會會長的萬屋源太郎先生，正坐在收銀機旁邊仔細端詳露營場地送來的通知。

「喂，今年的野外教學很棒喔。這次借到的新露營場，有二十棟可以住六個人的小木屋，還有常備帳篷三十座呢。而且裡面還有汽車露營場、演講廳，連共用炊事區跟廁所都有五間呢！露營地又有茂密的森林，和漂亮的河流喔！」

「是喔。」萬屋太太一邊看店、一邊看週刊，連頭也沒抬起來，只是回了個聲。

「野外定向！河邊玩水！營火晚會！孩子們一定會很高興吧！」

「我是覺得每次最高興的都是你啦！暑假的好日子，放著生意不做，跑去露營三天，真不知道你在想什麼。」

萬屋太太一邊翻著週刊，一邊唸唸有詞，但是萬屋會長好像根本沒聽到。

「咦……？真令人吃驚！」

會長仔細盯著宣傳手冊，突然驚呼起來。

「我還想說這『幸福森林』是什麼地方，不就是龍神岳的禁忌森林嗎？哎呀，真是風水輪流轉！我們小時候，大人都說千萬不能靠近那裡呢。沒想到禁忌森林已經變成露營場了。」

「那還是別去比較好吧？」

萬屋太太突然一句嘀咕，讓萬屋會長猛然抬起頭來。

「別去，別去哪？」

「當然是叫你別去露營啦。農曆七月跑去禁忌森林，光想到我就打冷顫。以前大家都說那座森林有一些不好的東西……農曆七月期間就更不用提了。」

「胡說八道！」

會長對太太的話嗤之以鼻，闔上了宣傳手冊，但心中其實有些不安。

為了消除這股鬱悶，會長將手冊塞進收銀機旁邊的桌子抽屜裡，並狠狠地關上抽屜。

於是會長的不安永遠消失，並打開了那神奇夏日的大門。

1 野外定向（英語：Orienteering），又名定向越野，是一種在野外利用地圖和指南針，以不同形式去完成一段路程，並且在檢查點為檢查卡（記錄卡）打上印記的運動。

啤酒
チョコ
花火セット

# 2 幸福森林

幸福森林的露營場地旁邊，有個小小的小木屋村。山麓上的混合林中，零星散布著五間小木屋。小木屋村前面的土地被敲實，用來起營火；再過去一點則是有屋頂的共用炊事區，以及備有廁所的管理員小屋。

曼陀羅兒童會一行人下了巴士，走過草地上的汽車露營場，終於來到管理員小屋前。

比起許多家庭熱鬧喧嘩的汽車露營場，管理員小屋後方的小木屋

村，靜得令人無言以對。

「你們看！到了、到了！右邊那三間小木屋就是我們睡覺的地方哦！」

領著一行人的萬屋會長心情極好，伸手指著樹叢間的小木屋，但是文具店的花田太太走在隊伍末端，卻皺起了眉頭。

「總覺得只有這裡破破爛爛的……剩下兩間小木屋好像也沒人住吧？」

「這樣不是很幸運嗎？」神社的江島太太回話，「在這裡就算吵鬧一點，多放幾發煙火，也不會有人來抱怨啦。而且會長今年也帶了好多沖天炮跟煙火呢……」

最後，今年的夏季野外教學，總算是勉強湊到了十個人來參加。江島太太和花田太太……主要都是靠江島太太的努力，又拉來了友則家的小茜、小綠姊妹，以及曼陀羅兒童會的學長（三個國一男生）。

此外還有一組人馬，那就是萬屋源太郎會長的弟弟萬屋萬次郎，和他讀小學的兩個女兒，今年特地來參加這項活動。

當時萬屋會長不太好意思地詢問江島太太與花田太太，看自己的弟弟與姪女三人能不能參加時，兩位太太差點沒跳起舞來，立刻舉雙手贊成。

「當然歡迎啦！會長的弟弟跟家人要來，哪有不歡迎的道理呢！」江島太太熱情十足。

「我記得會長說春奈跟千夏姊妹，現在是小三跟小四吧？友則家的小茜跟小綠是小四跟小二，一定很快就能玩在一起啦。」花田太太雖然這麼說，但是後半段的內心話其實是，「真是天助我也，小茜跟小綠說，要是沒有其他女生參加野外教學，就不來了呢。」好險被江島太太用無來由的狂咳掩蓋掉了。

「真對不起啊，不是兒童會的成員還硬要參加……都是我那個老弟，突然跟我說暑假要來，我老婆就鬧起脾氣來了。『你要去露營享樂，留我一個人招呼客人嗎?!乾脆把萬次郎他們也帶去好啦！』我弟媳好像是中了什麼雜誌抽獎，一個人跑去義大利了。我老婆一聽到這點又更火大，女人還真是……」說到一半，會長才發現自己眼前就有兩個女人，變得支支吾吾起來。

總而言之，言而總之，萬次郎一家人的參加，讓小茜、小綠姊妹也一起同行，江島太太和花田太太總算鬆了一口氣。

「喂——！管理員先生！我們是曼陀羅兒童會的，麻煩給我們小木屋鑰匙好嗎！」萬屋會長站在管理員小屋門前大喊。

他嗓音之宏亮，讓幾個正在搭帳篷的露營客都忍不住回過頭來看，到底是怎麼一回事。

「呿，嗓門還是那麼大。」

國一的北本純平一早就不太開心。

「明明兩個都是老頭子，兄弟一起參加野外教學也太拚了吧？而且又叫源太郎跟萬次郎的，連名字都超誇張。」

「是這樣喔？」另一個孩子歪著頭問，他是兒童會學長，刈谷大地。

「我覺得源太郎跟萬次郎是還好，但是萬屋這個姓就太臭屁了。這種姓後面不管加什麼名字都太囂張啦。」

「這種事情隨便啦。」純平回話的態度相當不耐煩。

「啊啊啊，沒意思啦。竟然跟小學的小鬼頭一起參加野外教學……我是想說同學會才來參加，結果連一個國一女生都沒有！」

「喔？原來純平這麼期待女生來啊。」大地促狹地說。

「才不是咧！我才沒有期待女生！我只是想說，就我們幾個來，好像在說我們很閒一樣。」

「又不會怎樣。」第三個兒童會學長開口了。他就是阿一，信田

一。

「反正在家不是被抓去唸書，就是被抓去做家事……」

阿一是個身型柔弱，眼神平靜的少年。由於最近視力逐漸變差，有時候會瞇著眼睛看東西。

現在阿一也是一邊跟朋友閒聊，一邊瞇著眼睛觀察環境。

一個小廣場，廣場四周是樹林，以及散落其中的五間小木屋。

阿一初次看見這景象，心中有一股不安的感覺。

他覺得這裡就是跟周遭不一樣。

只有這邊的廣場跟小木屋周圍，感覺比其他地方更陰暗。

當他瞇起眼睛想看仔細，那股黑暗的感覺彷彿就像在景色中開了個洞，特別顯眼。就好像只有這部分是一團朦朧且深邃的黑霧一樣。

——「不能進入的場所」。

當他腦中浮現出這個想法，管理員小屋裡突然出現一個巨大的人影，阿一差點被嚇得跳起來。

「是曼陀羅兒童會嗎？歡迎到幸福森林。」

男人身材魁梧，語氣卻十分柔和。看來這位大叔就是露營場管理員了。

短短的脖子圍著毛巾，肩膀粗壯厚實，強健的身體把白上衣繃得緊緊的，不過有些駝背。看來管理員大叔是聽到了會長的聲音，才急忙從其他地方趕過來，所以顯得有些上氣不接下氣。他擦了擦汗，大口喘著氣，小小的眼睛配上熱情洋溢的笑容，感覺就像搖著尾巴的大型犬。

「要麻煩你照顧了。」會長稍微行了個禮，跟管理員打招呼。

「我們是不是在哪見過面呢？」

「這就是小木屋的鑰匙了。」

管理員似乎沒聽到會長的話，維持那一貫的笑臉，把三支鑰匙交到會長手中，感覺是個迷糊的傻大佬。

「請先放行李，要出門的話最好上個鎖。貴重物品也請隨身攜帶。每間小木屋各有六組枕頭跟毛毯，如果不夠請跟我說喔。晚上可是很冷的。不好意思，我有點手忙腳亂。今天觀光客比較多，忙不過來。我老婆跑哪去啦？不知道跑去哪了……快點來幫忙啊……」

管理員最後是一邊喃喃自語，一邊走過兒童會一行人的身邊，往汽車露營場的方向而去。

「真是個奇怪的傢伙……」純平嘀咕了一聲。

「好啦！」重新振作的會長高聲呼喊，「今年的野外教學開始啦！大家先去小木屋整理行李，整理完之後吃便當，吃飽後再一起去河邊玩水吧！大家都有帶泳衣、泳褲嗎？」

「有！」小學生們答得活力十足，三個國中生則一臉不開心的樣子。

「大家聽好囉！住一號小木屋的是小學男生組。我跟萬次郎叔叔也會一起住在那裡喔。住二號小木屋的是江島太太、花田太太，還有小學女生組。剩下的國中三人組就住三號小木屋啦。」

阿一他們三個人想都沒想，就交換了一個「好耶！」的眼神。一想到三個人可以獨享六人小木屋，純平的心情總算是好了點。

「喂，阿一，有帶將棋來吧？」純平興奮地問。

「當然有帶囉。」

「我也有帶黑白棋喔。」大地附和著。

「喂，純平……」

會長把小木屋鑰匙交給純平。

「鑰匙給你們囉。別搞丟啊。」

「OK啦！」

一行人熱熱鬧鬧，走向眼前的小木屋。

阿一又瞇起了眼睛，觀察四周風景。

從管理員小屋到小木屋廣場一帶，依然籠罩著一層薄紗般的黑霧。不過看來除了他之外，沒有人發現這件事。

野外教學的同伴們嬉笑打鬧著，走進了這股黑暗之中。

領頭的是會長與萬次郎兄弟倆，後面緊接著的是小學男生們。玉置神社的小誠和花田文具店的勇氣是小五同學。而勇氣那小三的弟弟元氣，則不停地想在小五二人組中插話。

三個小男生後面跟了一個陌生男孩，與前面的人拉開了點距離。

阿一心想，那應該是今年暑假才轉學過來的轉學生吧。江島阿姨找我參加野外教學的時候好像提過，他是「目前預定參加」的其中一個。

**柴山……啓太？是叫啓太來著**？

這男孩看來比小三的元氣還小一歲，是小二或小一吧？看來他老是跟不上大哥哥們的話題，才會孤單一個人。

相較之下，四個小女生可就熱鬧了！明明今天才第一次見面，怎麼可以聊得這麼火熱？

萬屋家的春奈、千夏；友則家的小茜、小綠。四個小女生圍成一團，每當有人說話，其他人就跟著大聲地笑鬧。

至於跟在孩子們後面的江島太太和花田太太，看來早就已經精疲力盡了。兩人都默不作聲，且腳步沉重。她們的活力，可能在野外教學的準備階段，就已經燃燒殆盡了吧。

「喂！阿一，你發什麼呆啊！」大地回過頭喊了阿一一聲。

「啊，沒事啦。只是覺得有點熱……」

阿一揮動手掌，做出搧風的樣子。

「快過來啦！」就在那黑暗迷霧裡純平大聲呼喊著。大地也若無其事地走入那黑霧之中。

「現在就過去啦。」

阿一搖了搖頭，下定決心，走向小木屋。

# 河岸邊

曼陀羅兒童會例行的夏季野外教學，行程大致都差不多。

第一天中午到達教學地點，先吃自己帶來的便當。吃完午餐，大家去抓昆蟲或玩水，傍晚則是大家一起準備晚餐。

第一天的晚餐是咖哩飯，第二天的晚飯是烤肉，這也是年年不變。

阿一他們吃完便當，就在三號小屋裡打混，這時花田太太從門口露出臉來，告訴他們注意事項。

「吃完便當之後換泳褲，到一號小木屋集合喔。別忘了帶毛巾跟涼鞋啊。」

花田太太前腳剛走，純平馬上接著說：「我不去。」

「我連泳褲都沒帶哩。」

「啊，我也不去。玩水還不如玩黑白棋。」

「怎麼這樣！如果我們都不去，會長會生氣喔。」聽阿一這麼說，純平滿不在乎地回答：「那阿一去就好啦。」

「對啊。阿一就當我們的代表好了。只要露個臉再馬上回來就好啦。」大地也跟著附和。

「順便跟會長說我們忘了帶泳褲喔。拜託啦！」

純平作勢拜託阿一，然後開始準備玩黑白棋。

阿一莫可奈何，只好站起身來。他穿上自己帶的涼鞋，走到小木屋外。其實阿一也沒帶泳褲。上了國中還要跟一群小學的小鬼頭在河邊玩水，對阿一他們來說實在太難堪了。雖然去年才剛畢業，但是從國中生的角度來看，小學時光彷彿是幾百年前的事情了。

頭頂是搖曳的陽光樹影，耳邊是震耳欲聾的夏日蟬鳴。風中飄著草木芬芳，輕輕拂過髮際。

一號小木屋前面只有花田太太孤單一人。

「大家都已經出發了喔。純平跟大地呢？」

「他們說忘記帶泳褲，不去了……」

「喔。」花田太太似乎毫不意外地點頭接受了。

「也是啦，都上國中了還玩什麼水。那阿一想做什麼？」

「啊……我去看看好了，反正小木屋裡面很熱……」

「啊，這倒是沒錯。」花田太太又點了一次頭，「我要等勇氣上完廁所，你自己應該知道怎麼去吧？剛才在接駁巴士上有看到沒？走過汽車露營場，過了巴士公路有座階梯，可以直接到河邊。他們說會在階梯下面玩。」

「知道了。」阿一說完便出發了。他走過管理員小屋旁，一踏上汽車露營場，便忍不住回頭。

因爲他想看清楚那籠罩小木屋跟廣場的黑霧。

果然，那層黑色的薄霧仍未消失。阿一又眯起了眼睛，這次一定要看個清楚。他想知道黑霧的邊界到哪裡。

五棟小木屋，營火廣場，周圍的樹林……看來連管理員小屋和共用炊事區也在黑霧之中。

從面積來看，大概有學校運動場的三分之一……不對，大約有一半左右吧。

爲什麼只有這一塊被黑霧籠罩？爲什麼就只有這裡看起來比其他地方陰沉？阿一當然什麼都不明白。

「你在發呆嗎？不用等我啦！快去吧！」花田太太站在一號小木

屋前面大喊。阿一就像被這股喊聲推著走，轉身朝向河邊。一個不注意，差點撞上眼前的某人，他吃驚地停下腳步。

「你有看到我老婆嗎？」

原來是很大隻的管理員叔叔。

「啊……？喔，沒有，我沒看到。」

阿一驚訝地搖著頭。他是從哪冒出來的？什麼時候出現在我後面？一點感覺都沒有。

「如果有看到她，可不可以轉告一下，叫她快點回管理員小屋啊？今天一大早就沒看到人了。」

「啊……好的。但是我好像不認得她，就算看到了也認不出來吧……」

阿一想盡快離開這裡，說話愈來愈快，愈來愈緊張。而管理員的臉上又浮現出奶油般的微笑。

「別擔心，保證一看就知道了。她跟我一樣穿著黑圍裙，個子小小的，是個精神飽滿的阿姨。如果有看到，就拜託你啦。」

「啊！好的，我知道了。」

阿一回完話便急著逃走，結果一回神，不自覺又往後看去。駝背的管理員叔叔已經走進小屋了。阿一看著他的背影，不禁又疑惑起來。

管理員明明就沒穿什麼圍裙啊。

走過巴士公路，階梯下面是經過人工整理的「親水公園」。將來自山頭的小河，其一部分河岸用水泥鋪整起來，河裡的石頭似乎也精心挑選過。公園裡設有連接到對岸的踏腳石、石橋，和利用沙洲作成的廣場、水道中途的小瀑布。午後的河邊，是許多家庭與孩子們的歡樂天堂。

河邊果然比不透風的小木屋好多了。但是阿一看到腳踝深的溪水，水泥打造的河岸，還是難掩失望的表情。

這樣別說是昆蟲、小魚或螃蟹了，根本找不到什麼東西。好不容易來到河邊，卻只能在淺水處潑水，怎麼可能好玩？

阿一嘆著氣往上游方向望去，可以看到遠方的河道。彎曲的河道悄悄消失在森林深處。

「會長，我可以到上游去看看嗎？」阿一對著跟小學男生玩水槍大戰的會長發問，會長對著空氣點頭回應，「啊？喔，可以呀。別跑太遠喔。」

阿一走在淺淺的河裡。往上游方向走了一會兒，碰到一個跟他差不多高的小瀑布，於是他走出水面，爬上瀑布旁邊的石塊。爬上瀑布之後，總算看到了真正的河流。河道變得寬闊，兩岸矗立著各種林木。水深也約略在阿一的膝蓋上下。

流過腳底的河水雖然冰涼，卻擋不住頭頂藍天的炙熱陽光，曬得他連眼睛都睜不開。樹葉沙沙作響，蟬鳴不止，水面波光粼粼，還可以看到麝香鳳蝶掠過眼前。

阿一沿著彎曲的河道繼續往上游走。走過彎道之後，出現一個隱身在樹林之中的小小沙岸。

由於林木茂密，從岸上肯定走不過去，但上游沖刷下來的泥沙卻在河水與林木之間堆出了一個小小的沙岸。這個僅能容納一人的神祕小沙岸，隱身在樹蔭之下，岸邊名爲水車前的白色花朵輕輕搖曳著。

阿一試著爬上這個沙岸。看來沙岸附近的茂密樹林裡，水邊的小石子底下，一定藏了些有趣的生物。阿一從水裡吃力地接近沙岸，正想再踏出一步的時候……

好像有什麼拉了阿一的上衣一下。

阿一吃驚地回過頭，原來是那個轉學生就站在他身後，抬頭看著阿一。

「哇啊！你怎麼跟來了？」

阿一無奈地端詳著這個小男孩。他在逆流而上的路途中，完全沒發現已經被人跟蹤了。

「跑來這裡很危險喔。」阿一像是有點生氣地大聲說。

「你這麼小隻，這裡的水又深，石頭也多，很危險的。快點回下面的公園去吧。」

小男孩只是乖乖地抬頭看著阿一，一句話也不說。阿一心想，不能讓這個小鬼頭自己一個人走回去，不由得煩惱起來。好不容易可以

開心地抓蟲捕魚，竟然半途殺出個程咬金。

他一定是沒辦法跟其他小學生打成一片，太過無聊，才會跟著阿一走過來吧。

「……真是的。」阿一咂嘴，心底滿是抱怨。

**元氣他們應該把這小鬼顧好啊……會長也該振作一點吧？為什麼是我要照顧這個小鬼頭？**

「喂，啓太……你是叫啓太吧？」阿一沒好氣地問，小男孩回了他一個微笑。

「等一下我帶你下去，等一下喔。」

阿一捨不得放棄神祕沙岸的探險之旅，交待了小男孩之後，就慢慢穿過河水，走向小小沙岸。小男孩也緊跟在後。

阿一在水中脫掉涼鞋，才往沙地踏出第一步，便吃驚地停下腳步。

他眼前的薊花底下，有隻蝴蝶正在羽化蛻變呢。

**是電蛺蝶！**

阿一看著如枯葉般蜷曲的蛹，忍不住在心中大聲吶喊。現在有隻蝴蝶，帶著黑色大理石般的美麗翅膀，正準備破蛹而出。

阿一屏氣凝神，跳脫時光，見證著電蛺蝶的羽化。

噗通……有個腳步聲從他背後靠近。

「別動！」阿一盯著蝴蝶，小聲喝斥。因為周圍環境吵雜的話，蝴蝶就會中途停止羽化。

小學三年級的時候，班上養的紋白蝶就曾經在上課中開始羽化。昆蟲箱旁邊的同學率先大喊：「啊！開始了！」，於是全班同學接踵而至。結果蝴蝶受到眾人吵鬧驚嚇，身體才從蛹裡面出來一半便停止動作，最後羽化沒有完成，蝴蝶也死了。那隻蝴蝶是阿一心中的苦澀回憶。

所以現在，阿一更想在夏日陽光下觀察蝴蝶誕生。

安安靜靜地，守護著蝴蝶羽化。

當成熟的電蛺蝶完全脫離蟲蛹，在蛹殼邊上慢慢拍動牠美麗的翅膀，阿一才總算鬆了一口氣，回頭看那個轉學生。

「咦咦?!」不看還好，一看讓他嚇了一大跳。

有個人站在岸邊溪流中，但不是那個小轉學生，而是個穿著天藍色洋裝，素未謀面的女孩。女孩一臉嚴肅地看著阿一，靜靜地站在水中。

「我可以動了嗎？」

從她發問的口氣中，可以感受到些許的責備。

阿一有點慌了。

「啊！當然可以！」他用力點頭，接著似乎是努力想找藉口解釋。

「對不起……總之……那個，就是剛好蝴蝶很忙，所以……」阿一一邊說，一邊覺得自己口齒不清，實在有夠丟臉。

女孩皺起了眉頭，「你在說笑嗎？」

「不不不……」這次阿一拚命搖頭，然後東張西望，好像要找地洞鑽一樣。

「咦？啓太那傢伙跑哪去了？剛剛還在這裡啊……」

「你在這裡做什麼？」聽到女孩這麼問，阿一更傷腦筋了。

「嗯……這個呢，我是想看看這附近有沒有什麼，翻翻石頭找找看這樣……」

這個回答真是有夠蠢。爲了掩飾自己的蠢，阿一也反過來問那女孩。

「那妳又在做什麼呢？」

「我在找我哥。」女孩這麼說。

「你有看到一個戴著皺皺的圓帽，穿著運動上衣、五分垮褲的男孩嗎？」

「沒看到耶。」阿一邊答邊想，今天還真是常碰到找人的人呢。

「呃……你們也住在這個露營場嗎？就是那個……妳的家人也……」

「我們沒有在這裡露營。我家離這裡很近。」女孩這麼說，然後急忙回頭看向某個方向。

「哦，是這樣啊。」阿一點點頭。

「那我先走了。要快點找到哥哥才行。要是放他不管，他又要亂來了……」

「哦，是這樣啊。」阿一又點點頭。

南風吹過兩人之間，水邊林木沙沙作響。陽光穿透樹葉，反射在水面上。

阿一突然發現對岸樹林中有什麼在動，趕緊瞇起眼睛。

「啊，你的眼睛……」阿一聽到女孩的細語。

回過神來，女孩正盯著阿一的眼睛不放，就像看到什麼神奇的東西一樣。

「咦？眼睛？我的眼睛怎麼啦？」

「沒什麼。」

女孩眨了眨眼，從阿一身上移開視線。

「呼，該走囉……」

她彷彿要擺脫些什麼，開始往上游走去。走到一半才想到，輕輕回過頭來對阿一揮手道別，阿一也趕緊揮手回禮。

阿一看著女孩漸行漸遠的背影，不禁歪著頭想。

「咦？離露營場這麼遠的深山裡，真的有住人嗎？」

# 4 夜叉丸

阿一目送那女孩離開之後，就一邊翻著岸邊的石塊，一邊往下游走去。雖然他找到了幾隻河蟹、鯽魚、樹蛙蝌蚪，但是歡樂的水岸探險氣氛，早就消失無蹤了。

都是因爲啓太突然失蹤的關係。

但是當他回到親水公園，卻發現啓太不知何時早已回到大家身邊了。

「……真是的。」阿一又再次咂嘴。本來想過去唸他幾句，但是

跟小孩子動氣好像太笨了點。而且啓太仍然被排除在小學生集團之外，一個人孤零零地，看起來實在有點可憐。剛轉學到一個新環境，還沒交到幾個朋友，就被拉來參加兒童會活動，當然會怕生吧。

想必他也跟阿一他們一樣，是被江島太太騙來的。

阿一看著啓太沉思了一會兒，突然啓太也抬起頭看著他。阿一擺出一副責備的表情，但是啓太似乎覺得這張臉很有趣，還開心地笑了起來。

「……這傢伙真是……」阿一嘆了口氣，跟一旁的江島太太打了聲招呼，「那我先回小木屋去了。」

說完，他就離開了河岸。

阿一爬上階梯，走過巴士公路，穿過汽車露營場。正當他要走進那籠罩著黑霧的小木屋區域時。

四號小木屋後方的山林沙沙作響，似乎有某種東西猛烈地從山坡

上往下衝。當下，阿一還以爲有熊或是山豬要來而全身緊繃，結果撥開馬醉木樹叢衝出來的，是個看來比阿一大上幾歲，體格健壯的男孩。

一看到這孩子，阿一心中便有個聲音：「找到人了。」

戴著皺皺的圓帽，穿著有汗漬的運動上衣，以及邋遢的五分垮褲。剛才河川上游的小女孩說要找的「哥哥」，肯定就是他沒錯。

垮褲少年那一對骨碌碌的眼睛，從皺皺的帽沿底下盯著阿一瞧。阿一與少年站在營火廣場兩端，就這麼彼此對看。

突然，少年開口了。

「你也在尋寶嗎？」

「咦？」

突然一個沒頭沒腦的問題，讓阿一不知如何回答。

「你也在尋寶嗎？」意思是這傢伙剛才正在尋寶？或許是跟朋友一起在露營場的後山裡玩尋寶遊戲吧。

阿一答不出話，垮褲少年則是走過廣場往他靠近。

少年把手搭在阿一肩上，厚著臉皮盯著阿一，而且一臉微笑。

「看你這張臉就知道，你沒聽過寶藏對吧。傳說這附近埋著古老的寶藏喔。我就是在找這個寶藏。」

看來他很認真，不是開玩笑的。阿一有點目瞪口呆，過了一會兒才回過神來，點頭回答：「哦……是這樣啊。」

「怎樣？只要你有興趣，我也可以跟你說喔。」

「咦？我嗎？」阿一澈底感到吃驚，仔細端詳垮褲少年的臉，然後急忙搖頭，「不、不用了啦。我對寶藏又沒什麼興趣，而且只是跟兒童會的人來露營而已……先不說這個，剛才我好像碰到你妹妹，她在找你喔。說要找她哥哥什麼的。」

「我妹？」垮褲少年臉上突然浮現警戒的神情，「是哪個？阿幸還是阿季？該不會兩個都在吧？」

「我不知道。」阿一回答。

「頭髮很長嗎？」

「算長嗎……我想想……應該不長不短吧。她頂著剪到耳下的西瓜頭，穿著天藍色的洋裝。」

「呿，一定是阿幸。她怎麼會知道我在這裡呢？」

正當垮褲少年咂嘴的時候。

「哥哥——！」小木屋後山傳來了女孩的聲音。樹叢再次沙沙作響，又有人從山坡上衝下來了。

「糟啦！」

少年立刻作勢拔腿要跑。

「抓住他！」樹叢裡的人大喊。

「啊？抓誰？」

阿一歪著頭發呆。

一個女孩撥開馬醉木樹叢露出臉來，正是那穿著天藍色洋裝的女孩。

「快點抓住我哥！他要跑掉了！」

「咦？啊……？是我要抓嗎？」

阿一雖然摸不清頭緒，但是被女孩的氣勢壓倒，畏縮地抓住了少年的手臂。不過少年立刻就把他甩開。

「哥哥！」

正準備要逃跑的少年一聽到女孩的聲音，彷彿中了緊箍咒，突然原地立正站好。

看來女孩相當生氣。她雙眼冒火，跑過廣場，往這裡過來了。

「哥哥！」

「哈囉，阿幸。」立正站好的少年滿頭大汗，跟女孩打招呼。

阿一呆呆地看著這兩個人唱雙簧。

「一定是你偷偷拿走祝姨婆的羅盤吧！」

「羅盤？我想想，哪個羅盤？」

「哼！竟然還裝傻！」

阿幸生氣地撥了一下眼前的瀏海，再次以嚴厲的口吻質問少年。

「當然是指向地底的羅盤啊。之前不是才偷拿了姨婆的水晶球，被爸爸罵了一頓嗎?!」

「呃！這麼快就被姨婆發現了嗎？」

「倒是還沒發現，但是在姨婆發現之前最好快點還她，不然你就慘了！」

「等一下啦阿幸！只差一點就能找到寶藏了說！」

阿幸稍稍嘆了口氣。

「哥哥，你整天都說寶藏寶藏，但是寶藏又不是那麼簡單就找得到啊。你在地底到處亂挖，要是挖出什麼糟糕的東西怎麼辦？你知道這裡是哪裡吧？這裡是『禁忌森林』，也是『怪異森林』啊。」

當阿幸說到這裡，阿一感覺籠罩森林的黑霧似乎更加深沉，不禁打了個冷顫。

但是垮褲少年一點也不怕。

「對啦！就是那裡！妳想想看，爲什麼大家要把那裡說得這麼可怕？當然是要把人嚇跑啊。取個嚇人的名字，編個可怕的故事，就是要大家遠離這個地方，爲了保護寶藏。我看這龍神岳肯定埋了什麼東西。以前這山上有很大的神社，應該是天台宗的寺廟。聽說在一五七一年織田信長放火燒掉比叡山的延曆寺之前，寺裡的經文跟寶物已經偷偷搬到這龍神岳的神社裡來了。」

「這只是謠言吧？不是真的啦。」阿幸插嘴道，「到處都是這種謠言好不好。」

可惜少年完全不聽妹妹的話。他那雙骨碌碌的眼珠，愈說就愈燃起鬥志。

「龍神岳的神社一直保留到明治末期。後來規模愈來愈小，最後變成破爛的小廟，但是山腳村莊流傳的古書寫得很清楚。早在江戶時代，這間神社就經常舉辦加持祈禱。只要藩[2]裡有瘟疫流傳，或是旱災連連，藩主就會請寺方辦法會喔。這神社一定賺不少！書上甚至還寫，隔壁藩明明就因爲瘟疫死了很多人，我們這藩有神社祈禱，瘟疫退得都很快喔。」

「但是哪來的證據證明山裡有埋寶物？」阿一想都沒想就插了嘴。然後發現阿幸正在瞪他，嚇了一跳。

但垮褲少年則是心情大好，微笑看著阿一。

「年輕人，你問的好啊。我問你，一個山加一個穴，應該怎麼唸？」

「咦？山加穴？」

突如其來的怪問題，又讓阿一歪起腦袋思考。

「我想想，山加穴，山穴？山雀？」

「都不對喔。」

垮褲少年終於從微笑變成志得意滿地大笑。

2 日本古時稱領地為藩，稱領主為藩主。

「這是一個姓氏。漢字寫成『山穴』，日文發音卻是『不可說』。」

「不可說？」

垮褲少年得意洋洋地對著阿一回答：「這麼怪的姓氏當然有個傳說啦。山穴家有一個這樣的傳聞。好久好久以前，山穴家的祖先在這座山的山腳下務農維生。某個夏末，月黑風高的夜晚，祖先聽到田裡傳來很多腳步聲，便出外一探究竟，結果發現有一群手持火把的男人，正沿著田埂往山裡走。於是祖先就偷偷跑出門，跟在隊伍後面，結果就被他看到了。」

「看到什麼？」阿一忍不住問下去。

垮褲少年像是在捉弄他似的，停了一下才回答這個問題。

「他看到那群男人站在一個很大的山洞前面。」

「山中的洞穴？」

阿一已經完全沉醉在故事之中。阿幸則是小小嘆了一口氣。

「祖先原本想直接溜回家，沒想到踩到了枯枝，被那群男人給抓了起來。那群男人裡面有個穿著漂亮袈裟的和尚，他說：『你絕對不可以將今天看到的事說出去。如果說了，你就沒命。但是如果你發誓絕對不說，我就請求殿下賜你姓氏，收你爲家臣，如何？』祖先當然立刻發誓，絕對不把山洞的事情告訴任何人。而他得到的姓氏就是山穴，發音唸成『不可說』。我沒騙你喔。因爲山穴家現在還有後代，而且在市公所當職員哩。

你懂吧？山穴家的祖先發現了不可告人的祕密。山上的大洞穴，洞穴周圍的男人們……他們要不是在洞穴裡埋了什麼，就是從洞裡挖出什麼。我想那一定是寶。龍神岳之寶！」

原來如此，確實是個吸引人的故事呢。但是阿一心想，**這故事的可信度到底有多少**？

男人發現了不可告人的祕密。爲了保密而得到的姓氏。阿一總覺得似乎在哪聽過類似的故事。

當戰國武將武田信玄揮兵前往京都，已經是身染重病，卻隱瞞病情持續進軍。某天，武田軍之中的足輕，撿到了信玄公掉落的藥袋。當足輕送還藥袋時，信玄公便要他保密，並告訴他「只要你發誓沒看過藥袋，我就賜你一個姓氏」，於是足輕得到的姓氏就是「藥袋」。字面上寫成藥袋，日文發音卻是「不可見」。如今藥袋家依然留有子嗣，而且這個姓氏也被收在奇姓辭典中。

既然有人撿到藥袋而姓藥袋，那麼看到山洞的祕密而姓山穴，也不是沒有可能吧……阿一是這麼想的。

**話說回來，這傢伙到底從哪裡聽來這些事情的**？

「哥哥，你是從哪裡聽來這些事情的？」

結果阿幸問得比阿一更快。

「那當然是偷聽……不對，是借聽全國藏寶同好會的談話啦！我偷偷混進他們的座談會了。」

正當垮褲少年得意自滿的時候，小木屋後方的樹叢再次發出聲響，又一個人從山林中出現了。

那是個長髮及腰的女孩，穿著無袖的黑色洋裝。那女孩看著阿一他們，然後笑著走向廣場。

「幸姊姊，妳終於抓到夜叉丸哥哥了。」

這時阿一才總算知道，垮褲少年的名字是夜叉丸。這名字可真奇怪，說不定是綽號吧。

「呿，連阿季都找來了……」夜叉丸唸唸有詞。

看來他口中的阿季，就是夜叉丸跟阿幸的妹妹。應該是三兄妹的老么吧。

阿季用一雙細長的鳳眼盯著阿一。

「咦？這男生是誰？」

被阿季當面盯著看，阿一也不免害羞起來。

「對了，你叫啥名字啊？」夜叉丸也問道。

「信田一。相信的信，種田的田，一二三的一。朋友們都叫我阿一就是了。」

「一二三的一是嗎？好怪的名字。」

「明明就是你的名字比我怪！」阿一在心中吐槽。

「啊──！」

這時阿季喊出高八度的叫聲，用手指著阿一。

「難道幸姊姊說的是他？有『月之眼』的男生，就是你嗎?!」

「啊？」阿一呆若木雞。

「阿季！」阿幸立刻打斷她，「不要多話！」

就在此時，夜叉丸突然跑向山中。他抓準這瞬間的空檔，拔腿穿過廣場，只留下三個人傻傻地看著他的背影。

「哥哥！」

等阿幸回過神來，已經太遲了。

夜叉丸早就撥開馬醉木樹叢，逃到山裡去了。

「還是逃得那麼快啊！」阿季發表無責任感言。

「真是！」阿幸生氣地跺了一下腳。

「這次我一定要抓到你！」

「放著不管又不會怎樣，反正後天就是朔夜[3]，他非回來不可。」

「等到後天就太晚啦！放著不管，他一定會惹事的。我有這種預感。絕對不能不管他，我覺得有什麼大難要臨頭了。」

「嗯，我承認姊姊的直覺很準，但是照顧夜叉丸哥哥好麻煩喔。

3 朔，農曆每月初一，月亮在地球和太陽之間，無法看到月光。

難得來『這邊』玩，應該做點更好玩的事情啊。」

阿季一邊這麼說，一邊用她細長的鳳眼，引誘地、促狹地看著阿一。

阿一被看得手足無措，只好移開視線。

阿幸看著妹妹，無奈地嘆了一口大氣。

「好了，走啦。要開始抓人了。我想應該不會跑太遠吧。」

阿幸拉著妹妹的手正要離開，阿一突然問了個問題。

「喂，那個……剛才說的『月之眼』是什麼意思？什麼是『月之眼』啊？」

阿幸停下腳步，以若有所思的眼神注視著阿一。然後她慢慢開口，一字一句，彷彿是要確認些什麼。

「現在天上的月亮正漸漸失去力量。後天就是朔夜了，朔就是新月的意思。月光會慢慢減弱下來，到了那天晚上就完全消失不見。這段期間裡，有很多東西會潛伏在黑暗中蠢動。幾乎所有人都不會發現，也不會在意。但是偶爾就是有人可以看見這些東西。這種人的眼睛像是照亮夜空的明月，映出在黑暗中蠢動的東西。這就是『月之眼』。」

語畢，阿幸就拉著阿季，往夜叉丸逃跑的方向離開。而阿一的問題則依然懸在心頭上。

**意思是我有那個『月之眼』嗎？**

阿一看著兩人的背影穿過樹叢，突然又歪著頭，想起一個問題。

剛才在河川上游見過面之後，阿幸是怎麼從那個方向過來這裡的？她怎麼能在這麼短的時間裡穿過那麼茂密的樹叢，那麼深幽的林木，從河川上游跑來小木屋後山？

**減弱的月光，黑暗中蠢動的東西……**

**……偶爾就會有人可以看見這些東西。**

阿幸的話在阿一心頭揮之不去。

強風吹過小木屋周圍的樹林。怪異森林隨風搖擺，彷彿響起一陣笑聲。

# 5 試膽遊戲

「這山上的森林裡，有許多壞東西跑來跑去喔。」

晚餐，大家吃完自製咖哩飯之後，萬屋源太郎會長把孩子們集合到營火廣場上，開始說他拿手的鬼故事。

第一天晚上是會長的鬼故事跟試膽遊戲；第二天晚上是營火晚會跟放煙火——這也是曼陀羅兒童會每年的例行節目。

「在叔叔小時候，住在市區的每個人都知道，龍神岳是不能進去的地方。這附近還被稱爲『禁忌森林』呢！這片森林從很早以前就流

傳一大堆故事了。有時候三更半夜，山腰上突然起火，大家慌成一團，結果山腰上的火又突然變成紅色的火球，飛得不見蹤影。有時候走過樹林中的山道，卻從沒人的樹林裡傳來『喂——喂——』的呼喊聲，要不然就是嬰兒的哭聲……還有人說，如果在沒有月亮的夜晚來到這附近，會碰到奇怪的人。只要碰到那個怪傢伙，三天內就會發高燒死掉喔。」

阿一聽著會長的鬼故事，抬頭仰望天空。萬里無雲，滿天星斗。銀河流過小木屋的正上方。天上沒有月亮。如果後天是新月，今天就是農曆二十七。今天的月亮只有日出之前，會在東方天空稍微露個臉。所以今夜正是無月之夜。

地上可以聽見陣陣蟲鳴。回頭一看，小木屋後方的山峰，在星空下彷彿上了一層墨，看起來比白天更沉重，更有壓迫感。空氣雖然沉甸甸的，但山上怎麼說也比城市裡要涼。

大家聚在營火廣場上，不是穿著長袖連帽外套，就是披著防風運動衣。

「怪傢伙有多怪？是裂嘴女之類的妖怪嗎？」純平一邊奸笑，一邊吐槽會長。

「啊，那個我知道。碰到裂嘴女只要說三次『髮油』，就不會有事了。」大地賣弄著詭異的小知識。

「我奶奶的弟弟有碰過那個怪傢伙喔。」

會長巧妙地打斷了兩個小傢伙的閒聊，換了口氣，再次以平靜的語調繼續說下去。小學女生們興奮地互相對看，身體也湊在一起。

「他小時候曾經到龍神岳森林抓蟲，結果迷路回不了家，在山麓上一直晃到日落，結果就遇到怪傢伙了。以前這附近的混合林有好多特大號的獨角仙跟鍬形蟲喔。你們也知道，因爲人類都不敢接近這裡，所以這裡就成了蟲蟲天堂啦。我奶奶的弟弟，好像叫做健作吧⋯⋯

……健作想抓幾隻大獨角仙，明知道不能上山，還是一個人偷偷跑進去了。」

「看到那傢伙之後，有看清楚臉嗎？長得什麼樣啊？」玉置神社的小誠發問了。

「他沒有臉喔。」

孩子們發出此起彼落的驚呼與尖叫。

「健作走在黑漆漆的樹林裡，他發現有另一個人就走在他身邊。因爲樹林裡有踩著落葉，沙沙作響的腳步聲。一開始他還以爲是狼或狐狸，嚇得發抖，後來才發現那傢伙邊走邊自言自語。是人啊！健作好高興，就往那腳步聲靠過去。但是那傢伙並不是人。是一隻像大貓的四腳獸，一邊喃喃自語，一邊穿梭在林木之間。那隻怪獸一直說：『鑰匙，在哪？鑰匙，在哪？』。健作嚇得大聲尖叫，那傢伙聽到了，在星光之下，把臉轉向健作那邊。可是那張臉沒有臉，該是臉的地方竟然開了一個大洞，一個黑漆漆的大洞……」

「討厭！好可怕喔……！」

「嚇死人了……！」

女孩們紛紛尖叫，不是摀住耳朵，就是緊抱身邊的朋友。小學男孩們則是坐立難安，忍著渾身的顫抖。

「隔天，村民們發現健作一個人蜷縮在混合林旁邊，便把他帶回家，但是從那天起他就高燒不退，真的到第三天早上他就死掉了。我奶奶有說，那時候健作才六歲呢。」

會長一臉嚴肅地收尾，寧靜的黑夜中流淌著一股沉默。

「啊！對了！」

原本靜靜聽會長講故事的江島太太，突然拍了一下手。

「那是『磁之前大人』對吧。我小時候也常聽奶奶說這個故事喔。奶奶總是說，天黑之後出門就會碰到『磁之前大人』。『磁之前大人』就住在龍神岳，一聽到有壞小孩，就會把他抓走喔。」

「對呀對呀。」花田太太附和。

「不是還有一首童謠嗎？『磁之前大人，快到這裡來，我沒有鑰匙，所以不能去。趁伊之前大人沒看見，幫我打開大鎖吧！』玩起來就像『倫敦大橋垮下來』一樣。不過現在回想起來，歌裡面的『磁之前大人』跟『伊之前大人』到底指什麼呢？」

「總之……」會長又開了金口，「這座森林裡有某些東西，不過不知道是什麼。龍神岳以前有很大的神社，說不定跟那座神社有什麼關係吧。」

「咦？」阿一不小心叫出聲來，引得會長往他這邊看。

「那個，龍神岳的神社，不是天台宗的寺廟嗎？說是有藏寶什麼的……」

「啊，那個不在這裡啦。」會長說得果斷。

「那是更往東邊過去的津黑岳的龍安寺吧。地方史書上有寫，那裡才是知名的藏寶地點。」

「哦……是這樣啊……」

阿一有些洩氣，傻傻地點頭。

「所以那個山穴家的傳說也不在這裡囉……」

「喔，」會長的眼神帶些驚訝，「沒想到阿一上了國中，就變成地方史學者了呢。你從哪聽到山穴家的傳說啊？不對，這不是重點。因為山穴家的故事並不是發生在津黑岳，而是在龍神岳。你聽到的是山穴家祖先發現山上洞穴的故事吧？那是龍神岳森林中所發生的故事喔。我認識市公所稅務課的山穴先生，所以不會錯。因為他的祖先就是在這山腳下務農為生的。」

「山穴家的傳說是什麼東西啊？」面對花田太太的提問，會長順便對大家說明了山穴家姓氏的由來。會長的故事跟阿一從夜叉丸口中聽到的幾乎一樣。唯一的不同點，就是火把男人隊伍中跟祖先說話的人。夜叉丸版本是個穿著漂亮袈裟的和尚，會長版本則是身穿華服的神官。

「穴？是哪個洞穴啊？」純平的問題很直接。

「就是沒人知道啊。」

「有些傻蛋聽了這個故事，還真以爲龍神岳也有寶藏，不過山穴先生自己說應該沒這回事吧。」

突然，阿一腦中浮現了那個「傻蛋」的臉。夜叉丸應該是把鄉土謠傳，跟另一個龍安寺寶藏傳說搞在一起了吧。阿一不禁在心中無奈地嘆息。

「龍神岳的神社叫做大神神社，自古以來，只要當地發生瘟疫，就會在這間神社舉辦除瘟祈禱。所以山穴先生說，那個洞穴可能是藩主用來埋葬在瘟疫中死去的親人，才挖的墓穴。畢竟在傳說中，這一帶原本就是瘟疫、饑荒罹難者的墓地啊。明白嗎？總之這裡就是墳場，墓地。我們就在墓地上面的露營場過夜喔。你們看，有什麼要出來囉……沒有臉的『磁之前大人』跑出來囉……看！在那裡！」

小學組的孩子們又是此起彼落的尖叫連連。鬼故事尾聲突然大喊嚇人，也是會長每年必玩的老把戲。國中三人組對這招已經無動於衷了。

話說回來，怎麼好像沒看到會長的弟弟，萬屋萬次郎呢？萬次郎的體格相貌跟源太郎十分相似，但是卻相當沉默，講話的時候也是輕聲細語，讓人聽不清楚在說些什麼，是個存在感薄弱的人。萬次郎之所以提前離席，想必是躲在試膽遊戲的半路上，準備嚇孩子們吧。

阿一心想，爲什麼升上國中之後，就整個看穿了大人們的企圖呢？不對，應該從更早之前開始，阿一就對很多事情「一目瞭然」了。只是在小學生之間，裝做不知道是一種規矩。小時候只要裝不知道，乖乖接受大人安排的樂趣就好。但是上了國中，突然就無法裝傻了。

**這就是長大成人的感覺嗎**？

「好！試膽遊戲時間到了！大家前往登山步道吧！」

會長的指令打斷了阿一的思考，一行人也接連來到登山步道入口。

「大家知道規則吧？我再說一次，跟剛剛一樣。沿著這條登山步道，一直往東邊走，會看到一個小石龕，每個人都要從石龕前面拿一顆小石頭才能回來。小石頭上有用奇異筆寫號碼，第一個到的人拿一號，第二個到的人拿二號，以此類推。國中生一人一組，小學生兩人一組。叔叔我也會參加喔。國中生組先出發，快點決定順序吧。」

「來猜拳吧。」純平說，「猜輸的人先出發喔。」

阿一有不好的預感。因爲這種情況下他從來沒贏過。

「剪刀、石頭、布！」

純平跟大地出布，阿一出石頭。果然就是阿一輸。

「呿，超悶的！」阿一喃喃自語，大地則趁機嘲笑他。

「咦？你該不會是在害怕吧？第一個出發很可怕？」

「話不是這樣講……」

這時阿一腦中突然浮現了阿幸說的話。

**——這段期間裡，有很多東西會潛伏在黑暗中蠢動——**

阿一搖了搖頭，想忘掉這段話。

「OK，那第一棒就是阿一啦，出發吧。阿一，預祝你凱旋歸來啊！」

會長開心地說完之後，阿一便獨自拿著手電筒出發了。

雖然今晚沒有月光，但是登山步道上有零星的路燈。所以樹林中的步道並沒有那麼暗，不過步道旁的遠山看來還是陰森沉重。有時候兩盞路燈的間距稍長，這段距離中，真的就只能依靠手電筒，在一片漆黑中前進。

在草叢中鳴叫的蟲子們聽到阿一的腳步聲，似乎也屏住了氣息。

走了一段路之後，阿一突然聽到了。

沙沙、沙沙、沙沙……

還有一組腳步聲。而且就在他身後……

沙沙、沙沙、沙沙……

**是萬次郎先生嗎？**這是阿一的頭一個想法。但是如果要嚇他，應該更積極一點，大喊「哇！」、「喂！」之類的才對。

怎麼會一直跟在我後面呢……

**不過萬次郎先生看起來很膽小，說不定真的不敢嚇我。應該是在等待嚇人的時機吧……**

但是走著走著，後面那傢伙還是毫無行動。

**不是萬次郎先生嗎？**

那會是誰呢？難道是走在月黑風高的夜裡，真的在這裡碰上了「磁之前大人」嗎？

**——偶爾就是有人可以看見這些東西——**

阿幸的話又在耳邊響起，阿一的心跳因此跟著加速。登山步道似乎沿著山麓鋪設，路線緩緩向右彎曲。

當阿一踏出路燈的光環，立刻關掉手電筒，一閃身就躲到步道旁邊的垃圾桶後面。

他在垃圾桶後面屏氣凝神，心跳愈來愈快，想看看到底是誰跟著他。

噗通、噗通、噗通、噗通……

沙沙、沙沙、沙沙、沙沙……

腳步聲慢慢接近，那傢伙終於出現在街燈的光環中。

「搞什麼啊……」

阿一脫口而出，伸了伸緊繃的腰桿，咋了咂嘴，走到那傢伙面前。

「原來又是你……爲什麼老是跟著我呢？」

轉學生啓太呆呆地看著阿一。

「真是的。會長不是說小學生要兩人一組嗎？不可以跟我走喔。快點回去，回去啦。」

但是啓太動也不動。不僅不往回走，還伸手拉住了阿一的手。那是隻冰冷的小手。冰冷的小手緊緊抓住阿一，讓他覺得啓太真有些可憐。

可能是在分組的時候，剩下三個小男生吵架，把啓太給趕出來了。

「呿，真的很煩耶。我又不是你的保母。」

阿一嘟噥個不停，啓太則是專心地看著他的臉。阿一打開了手電筒，從下往上照自己的臉，然後湊到啓太面前扮鬼臉，把啓太逗得呵呵笑。

「呿，煩死了……」

阿一又抱怨了一次，但沒辦法，他還是牽著啓太繼續前進。

萬次郎先生正套著白床單，站在目的地石龕的正前方。

他本來應該跳出來嚇阿一，卻從床單裡露出臉來，一臉不耐煩地問道：「啊？只有你過來喔？你知道還剩幾組嗎？」

「這個……我也不知道哩。」

阿一不好意思地抓抓頭。

「會長說國中生有三個，小學生兩個一組，所以男女各兩組就是四組……意思就是還有六組囉……」

「別開玩笑啦！」扮鬼的萬太郎先生把床單整個掀開，開始對阿一抱怨起來。

「我才不要在這裡等這麼久咧！披床單感覺好熱，但是不披床單又會被蚊子咬。你可不可以幫我跟老哥說，叫他們動作快點啊？還是全部一起來也行。順便拜託誰給我帶個蚊香來吧。你知道，眞的超癢的。可不可以找人換班啊。對了，你要不要交換當鬼看看？」

「這個……應該不太好吧……」阿一支支吾吾的。

「要是不把一號石頭拿回去，我就輸掉了……」

阿一說完就想快點拿了石頭走人。如果再待下去，肯定會被萬次郎先生逼著當鬼。

於是阿一開始在小石龕方格窗的小石堆中，翻找那顆寫著「1」的石頭。

但是說也奇怪，怎麼也找不到。明明從「2」到「7」都有，但就是找不到「1」號的石頭。阿一知道一定有，但就是不知道在哪。他有些著急，拿好手電筒，檢查每顆石頭的表面。

當阿一在找石頭的時候，萬次郎先生還在他背後唸唸有詞。

「所以我才覺得煩啊。感覺這露營準沒好事……」

當阿一蹲在石龕前面的時候，啓太突然從後面拍了拍他的背。

「怎樣啦？」阿一沒好氣地答話。

「那裡。」啓太指著石龕的方格窗。仔細一看，左右兩片的方格窗中，右邊那片稍微打開著呢。

「那個，裡面。」啓太又說了一次。

「裡面怎樣？」阿一說著，不經意地將手電筒抬了起來。圓形光環照亮了方格窗，縫隙之間可以看到陰暗的神壇。神壇有上下兩階，下面那階的正中央，恰好放了一塊小石子。

「咦？」

阿一稍微打開了方格窗，往石龕裡面瞧。果然是那顆表面寫著「1」的石頭。

「搞什麼，原來一號石頭藏在這裡啊。一定是有誰故意偷藏的。想讓第一棒頭大之類的……」

阿一從方格窗縫隙中輕輕取出石子，放到口袋裡，回頭看著啓太。

「謝啦！你還真會找呢。」

啓太微笑著回應阿一。

「你在謝什麼東西啊。」萬次郎先生還在碎碎唸，「不要胡說八道，快點去幫我找蚊香來吧。啊，最好順便找罐冰涼的飲料給我。可

樂就好了。」

「那，那我先走了。」

阿一拉著啓太的手，急忙離開萬次郎先生。

「蚊香跟可樂。拜託了，幫我跟後面的人說一聲。」

他行了個禮，然後走上回程路。在回去的路上，他碰到了第二個出發的大地。

「嘿！」大地相當有精神，還在黑暗中把手電筒給轉了一圈。

「約翰萬次郎躲在哪啊？」

「他才沒有躲哩。根本就整個人站在外面抱怨不停好不好。」

阿一提供了正確情報之後，就跟大地告別。再走了一段，便碰上第三個出發的純平。

看來會長不等萬次郎先生抱怨，就已經加快試膽遊戲的步調了。

「喲！」

純平也愉快地舉起手打招呼。

「怎麼樣？小萬扮的鬼夠嚇人嗎？」

「沒，你還是別太期待的好。因爲他只會在石龕前面碎碎唸，要你幫他帶飲料跟蚊香而已。」

「什麼啊，真沒心的傢伙。他哥比他還拚命多了呢……」

純平也是嘟噥著繼續往前走。

阿一繼續往起點走去，突然，他發現一件奇怪的事情。

爲什麼大家都沒提啓太的事呢？啓太自己一個人跑來跟著我，難道都沒人管嗎？

江島太太也好，花田太太也好，會長也好，最小的啓太跑不見了，難道都不擔心嗎？

爲什麼大地跟純平看到阿一跟啓太在一起，卻什麼也沒說？

像是「咦？這傢伙爲什麼會跟你在一起啊？」

或是「啊！啓太！大家都在找你說！」

還是「阿一，你不是一個人出發嗎？怎麼變成跟啓太一組了？」之類的。

明明就有些話可以說，大地跟純平卻什麼都沒說。就好像沒把啓太放在眼裡一樣……

阿一走在黑漆漆的夜路上，偷偷看了牽著自己的手的啓太。然後他心頭一驚，停下了腳步。

啓太從黑暗中直直看著阿一，阿一突然放開了啓太的手。

只要走過下一個彎道，就是登山步道入口，試膽遊戲的起點。但是兩人站在最終彎道前的路燈下，彼此凝視著對方。

阿一想起萬次郎先生對他說的第一句話。

——**啊？只有你過來喔？**

**只有我？怎麼會？明明啓太當時也在啊？為什麼要忽視他呢？好**

**像根本沒看到一樣……**

突然，啓太看著阿一，臉上浮起一抹淺淺的笑。淺到看不出來那到底是不是在笑。

「因爲，」啓太開了口，「只有你才能看到我呀。」

**這就是原因嗎**？當阿一這麼想的瞬間，啓太就消失了。在阿一眼前，在路燈的光明之下，啓太就這麼突然消失了。

# 6 月之眼

來回十五分鐘的路程，足以讓身體暖和出汗，但是穿著防風運動衣的阿一卻突然感到一股惡寒。寒氣直逼脊髓，雙手爬滿雞皮疙瘩。打從心底湧出的恐懼，差點讓他放聲尖叫。但是那聲尖叫到了喉頭又突然縮回去，被他給吞下肚。

阿一用盡全力，從路燈光環中拔腿就跑，跑過黑暗，直奔起點。

等在步道入口的兒童會成員們，一看到面無血色的阿一嚇了一跳，接著就哄堂大笑。

「怎麼啦阿一，看你臉都綠了！一定是被萬次郎叔叔嚇到了吧。」會長看起來很開心。

「阿一嚇到腿軟了！」花田勇氣笑著指向阿一，其他孩子們也跟著放聲大笑。

但是阿一可管不了那麼多。他現在腦袋一片空白，口乾舌燥，而且渾身冒冷汗呢。

「他……他在哪？」阿一好不容易才開口問會長。

「啊？」會長認真的疑惑起來。

「哪個他？」

「那個……轉學生，啓太……柴山啓太，他現在在哪？」

「咦？」江島太太跟花田太太面面相覷。於是阿一又對兩位太太問了同樣的問題。

「柴山啓太……他現在到底在哪？」

花田太太跟江島太太還是呆呆地看著對方，然後江島太太才說：

「在哪……應該在家吧？」

聽到這話，阿一眼前一片暈眩。

「他沒參加夏季野外教學嗎？江島太太找我們參加這次露營的時候，不是說柴山啓太也決定要參加嗎？妳說過轉學生柴山啓太也要參加，對吧？」

「啊……」花田太太恍然大悟般點了點頭。

「當時他只是預定要參加啦。可是後來他媽媽察覺了江島太太的計謀，因為夏季野外教學並不是全校參加的例行活動啊。所以就不讓啓太參加了。」

「等一下啦，講那麼難聽，什麼計謀啊。別把人家當成貪汙縣太爺好不好？」江島太太皺起了眉頭。

「哎呀，我哪有啊……」花田太太開始裝傻。

「我又不是在罵妳，只是妳的藉口太心機了一點，我才會佩服妳呀。」

兩位太太的搞笑雙簧，在阿一聽來只是耳邊風。

這時，會長正好大聲發號施令。

「好！再來換小學生組出發，一次一組喔。第一組是小茜跟千夏組吧。」

「啊！大地也回來了！」

「大地看來很ＯＫ喔，還笑著揮手呢！」

大地跟剛出發的女生組擦肩而過，阿一則搖搖晃晃地走到他身邊。

「阿一，真的跟你說的一樣！那傢伙裹著床單站在石龕前面，一直唸『蚊子好多』、『好癢』、『好熱』咧！超好笑的啦！」

但是阿一卻笑不出來。大地說的話他一個字都沒聽進去。

突然，阿一用力把右手搭在大地肩上。

「那個啊……剛剛……你在步道上遇到我的時候……我旁邊有人嗎？」

「你旁邊有人？」換大地驚訝地反問回去。

「你有沒有看到一個小男孩？大概小一還小二……就站在我身邊，還牽著我的手……有沒有？」

「喂，別嚇我喔……」

大地縮了一下，推開阿一的手。

「搞什麼鬼，超噁心的耶你。我才沒看到什麼小男孩，哪來的牽手？你在胡說什麼東西啊？」

「喂——！」會長對著他們大喊，「拿回來的石頭要交給我喔！從一號開始過來排隊！」

「ＯＫ！」大地逃也似地離開阿一身邊，走向會長。

屋。

阿一也邁出腳步，但是他沒有走向其他人，而是慢慢走回小木屋。

「喂！阿一！你要去哪？」會長大聲呼喊。

「去廁所……」阿一只應了一聲，便加快速度往前走。

要是再待下去，他一定會大聲尖叫。沒人理解自己的焦慮，渴望有人理解的害怕，希望逃離現實的衝動，言語無法形容的恐懼……複雜的情緒在阿一腦中打轉，讓他只能往前走。

阿一急著逃離歡樂氣氛，將登山步道拋在腦後。但是離大家愈遠，夜晚的黑暗就更深沉，更往他身上逼近。眼前已經是小木屋村了。三間小木屋的燈光，在寂靜森林中對著阿一招手。

**往前，還是回頭？**

阿一停下腳步，調整一下呼吸，努力想整理自己的思緒。

**「那孩子打從一開始就不存在啊……」**阿一心想。

**但是到底從哪裡開始？他是從什麼時候出現的？**

阿一發現，那孩子是從他們來到露營場後才現身的。

在小學校門前集合的時候、搭電車的時候、下了車由會長點人頭的時候、轉搭小巴士前往「幸福森林」的時候，他都不記得有看到那個他以爲是柴山啓太的孩子。因爲阿一他們三個國中生總是跟小學生團保持距離，自顧自地聊天，根本就沒去注意其他的成員。而且今天電車跟巴士上有好多人攜家帶眷前來旅遊，想要確認自己以外還有哪些人，也是困難的任務。

**第一次看到那孩子，是大家下了巴士，然後走向小木屋村的時候。會長從管理員那裡拿到鑰匙，然後帶著大家走向小木屋的時候……**

阿一想起那個小男孩，走在小學男生三人組後面的情景。

但是他其實不存在。一想起除了自己之外，其他人全都看不到那孩子，阿一又忍不住打了個寒顫。

阿一突然害怕一個人走回小木屋。如果那孩子又出現的話……

**還是回大家身邊吧……**

決定之後，他往右邊一轉身，突然發現有個人站在他身後，小聲驚叫了一下。

「啊……對不起。」對方急忙道歉。

「我本來想跟你打聲招呼的，不過看你好像在想事情，就……」

那是白天在河川上游遇到的天藍色洋裝女孩，他記得名字應該是阿幸。

「妳怎麼會在這裡啊？」阿一強壓心中的不安，提出疑問。

阿幸的臉色明顯表現出一股煩惱。她猶豫著該說什麼，沉默了一陣子，才終於開口答話：「那個啊……就是……我想我應該來跟你道個歉。」

「道什麼歉?」阿一不明究理。

阿幸看來有些難以啓齒,雙眼東張西望。

「今天白天,我妹妹跟你說得太多了。」

「說太多……是指眼睛的事情嗎?」

「是呀。」阿幸抬起頭來點了一下。

「如果她沒說,你應該就不會發現吧?可是我告訴你之後,你就知道自己的眼睛很特別,這可能會讓眼睛更敏感的。」

「妳是說……」阿一說得提心吊膽,「妳的意思是說,因爲妳告訴我,我的眼睛……是有那個什麼特別的能力,讓我注意到這件事,所以這能力可能變得更強,是嗎?」

「就是這樣。所以我想告訴你別想太多。」

「已經太遲了啦。」阿一嘆了一口氣。

「你看到什麼了嗎?」阿幸小心地問道。

「看到啦。一個小男生的鬼魂。啊，不過妳不用擔心。因爲我才剛到這個露營場，就已經看到他了。這不是妳的錯啦。是因爲我沒發現只有我能看到他。」

「嗯。」阿幸點頭回應。

「我想他不是什麼壞孩子吧。他想告訴你，我不會對你怎麼樣的。」

「妳怎麼知道？」阿一眨著眼睛問。

「今天我在河川上游第一次遇見你，當時你身邊有個小男孩，就是他吧？」

「咦?!」

阿一倒抽了一口氣，吃驚地看著阿幸的臉。

「……妳，妳也看得到那個小男生？」

「啊，那個，只有一下子啦。沒有你看得那麼清楚就是了。只是感覺到他在那裡而已。有時候會這樣啦。那時候我覺得有『什麼』在你旁邊。我靠近之後，他就消失了，不過那時候的感覺應該是個小男生吧。有這種感覺而已。那個小男生……怎麼說呢，感覺對你很友善。」

「很友善？他差點把我嚇死，還說很友善？他在試膽遊戲的路上一直抓著我的手，跟在我身邊，然後又突然消失哩！」

「我想就是因爲有他，你才沒看到其他怪東西吧。」

「怪東西？」阿一吃驚地反問回去。

「農曆七月半，月黑風高，像你這樣的人走在怪異森林裡，就算看到更多東西也不奇怪啊。但是你只看到那個小男生對吧？我想他是在保護你才對，讓你看不到那些不該看的東西……」

「這怎麼會……」阿一正要開口，小木屋那邊就傳來了活力十足的喊叫聲。

「呀吼！我終於找到啦！就在這裡！寶藏就埋在這下面沒錯！」

「糟糕！」阿幸驚呼了一聲，「是夜叉丸哥哥！」

阿一也嚇了一跳，轉頭看著廣場方向。

「這裡沒什麼寶藏啦。」

阿一想起會長說的故事，心中有些不安。

「這裡的地底下只有瘟疫的罹難者……寶藏傳說是在另一座不同的山上啊。」

「糟糕！」阿幸又唸了一聲。

「走吧！」阿一說完便往前衝。

兩個人向前快跑，阿幸開口問阿一，「你的名字，是一二三的一嗎？」

「對啊，我記得妳叫……阿幸？」

「嗯。」阿幸點頭回應，有些驚訝地看著阿一。

「我記得妳哥哥說過妳的名字。這名字跟我喜歡的女歌手一樣。她的名字叫柴崎幸，字跟妳一樣喔。」

一下子講太多，阿一有些上氣不接下氣。

兩人一邊調整呼吸，一邊快跑。當他們來到五號小木屋前面的時候，地面突然搖晃了起來。

「呀！」阿幸突然停下腳步。

「地震？」阿一環顧四周，就在那一瞬間，地面突然傳來一波海浪般的強震，緊接著一股暴風般的強風席捲了整座森林。當風聲停下後，四周是一股毛骨悚然的死寂。

夜叉丸獨自站在營火廣場正中央。他跟前的地面上，有一個巨大的洞。

「哥哥！」

阿幸拔腿往前跑，阿一也緊跟在後。

嘖、嘖、嘖。只見夜叉丸一邊咂嘴，一邊把泥土踢到大洞裡去。

「空洞洞，啥……都沒有。」

夜叉丸不滿地看著阿一他們跑過來，好像是他們的錯一樣。

「當然空洞洞啊。這裡根本沒有寶藏好不好。人家說寶藏在另一座山頭啦。」

阿幸把阿一說的話轉述給夜叉丸聽。夜叉丸聽了，只是聳聳肩，一臉不在乎的樣子。

「才沒那種事咧。『地底羅盤』就是指著這裡沒錯啊。只是我一直往下挖，挖到一扇青銅門就停住了。你們看，就是那個很像人孔蓋的東西有沒有？那扇圓形大門把洞給蓋住了。於是我就把蓋子周圍的土挖開呀，然後插入木棒，用槓桿原理把門給撬開了。

傳說是講『山中的洞穴』，所以我之前都是在山裡跑來跑去，不過仔細想想，對村莊裡的人們來說，山邊的樹林也是屬於山的一部分，算在山的份上吧？所以我發現了之後，就在附近繞來繞去，結果羅盤就直直指向這個地方了。沒想到寶藏就埋在露營廣場的正中央哩。可是太可惡了！我來得太慢了！早就有人把洞裡面的東西搬光啦！」

營火廣場旁的路燈，將微弱的光線投射到洞穴中。這洞還不是普通的大。如果阿一跳進去的話，還可以輕鬆藏身在其中。夜叉丸的右手拿著一支大手電筒，他應該是用手電筒找過，才發現裡面什麼都沒有吧。

洞穴周圍是被挖開的土堆，上面躺著一個沉甸甸的青銅圓蓋。

「裡面埋的不一定是寶藏喔。」阿幸對夜叉丸說，「你知道吧？那個『地底羅盤』是很隨興的。雖然它會感應到地底的東西，然後指過去，但是不會每次都指到寶藏啊。有人照著羅盤挖到溫泉，也有人挖到古代遺跡……但是這座山附近埋的不是寶物，而是以前得瘟疫死掉的人類屍體……對吧，阿一？」

被阿幸叫了名字，嚇得阿一立刻回過頭來。

「你怎麼啦？」阿幸有些疑惑。

阿一終於開口說出他發現的事情。

「也太安靜了吧？」

「咦？」阿幸環顧一片漆黑的四周，夜叉丸也東張西望起來。

「剛剛還挺熱鬧的，現在卻連一聲蟲鳴都聽不到……而且連露營場都變得好安靜喔。」

阿一、阿幸、夜叉丸三個人，在黑暗中豎耳聆聽。沒有一聲蟲鳴，也沒有風聲，甚至沒有樹枝搖擺的沙沙聲。管理員小屋對面那些帳篷，也沒聽到任何喧鬧歡笑，就連人的氣息都感覺不到。

他們周圍的聲音消失了。

四周只有寂靜、溼熱，伸手不見五指的黑暗，蠢蠢欲動。

# 7 小木屋村

阿一再次仔細觀察四周。零星座落在樹林裡的小木屋，窗戶都沒了燈光，但是五間中有三間小木屋的門口卻點了燈。是阿一跟曼陀羅兒童會一行人租借的那三間小木屋。管理員小屋的窗戶可以看到燈光，廁所入口也亮著朦朧的螢光燈。共用炊事區的燈火已經熄滅，但是旁邊還亮著一盞路燈。環境跟剛才似乎沒什麼不一樣。還是原本的小木屋村。

但是四周的聲音都消失了。而且還有一點，在管理員小屋那頭搭

帳篷的人們，感覺似乎也消失了。露營地應該要有的燈光也看不到。難道大家全都這麼早就睡了嗎？

阿一瞄了手錶一眼，時間是八點十二分，現在要說大家都睡了未免還太早。

「還真安靜啊。」

夜叉丸的說話聲，彷彿被吸進了黑暗之中。

「我去那裡看看……」阿一說著，就走向管理員小屋。阿幸也靜靜跟了過去。

管理員小屋雖然亮著燈光，卻沒有一點人的氣息。當阿一走到小屋旁邊，來到汽車露營場的入口，突然停下腳步，目瞪口呆。

「騙人的吧？」阿一喃喃自語。

「露營場呢？帳篷呢？到哪去了？」阿幸也喃喃自語。

汽車露營場不見了。眼前只有一片染上了無盡黑暗的茂密森林。

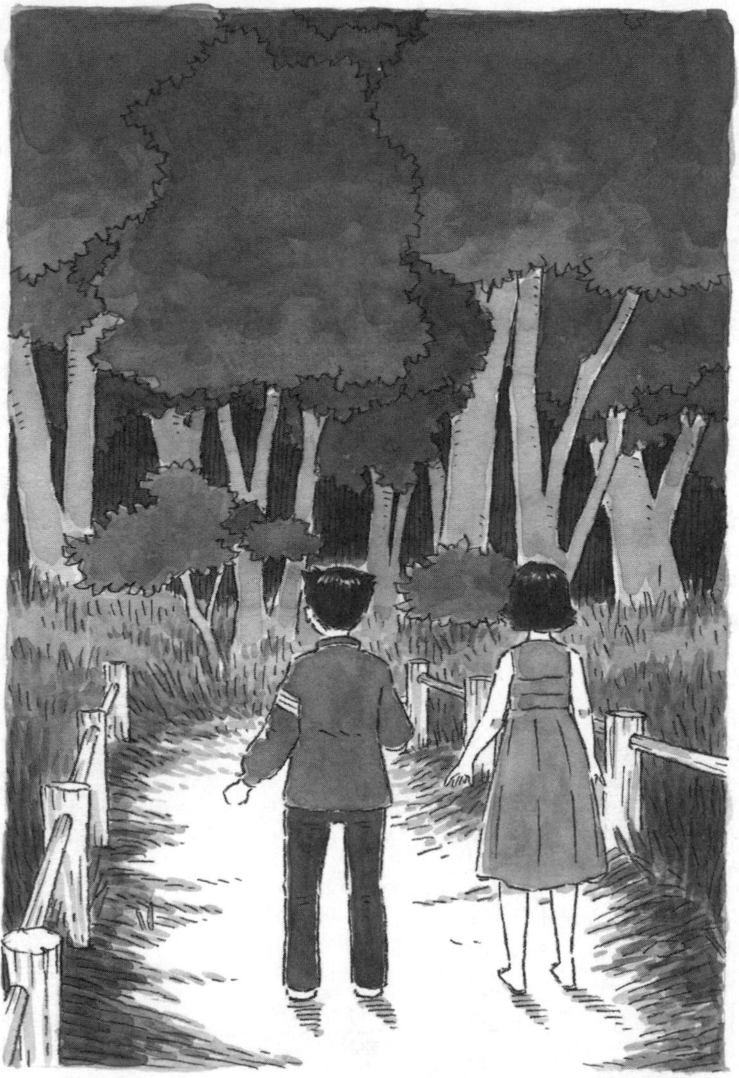

「怎麼會?大家都到哪去了?剛剛這裡不是還有帳篷嗎?」

阿一像在找東西一樣,往森林走了兩三步,並不停仔細看著腳邊的地面。可惜他再怎麼找,也找不出什麼名堂來……因爲消失的不是只有帳篷而已。那砍倒林木、整平地面,打造成停車場與帳篷區的汽車露營場,如今整個隱沒在茂密的林木之中。

阿一在樹林中回過頭,嚇得無法動彈。

管理員小屋、共用炊事區、後方零星的五棟小木屋,還有營火廣場。

在深沉的黑暗之中,只有那裡亮著電燈的朦朧光明。

阿一心底一驚,心跳愈來愈快。

「這……這不就跟白天的時候相反了……?」

阿一回想起白天看到的景象。營火廣場、廣場旁的小木屋、廣場前方的管理員小屋和共用炊事區,在盛夏陽光中,卻包覆著一層黑色薄霧。看起來就像明亮的露營場中，被黑洞吞蝕了一塊。如今這幅景象完全反轉，呈現在阿一眼前，光明轉爲黑暗。

阿一發現白天陽光下的黑暗邊界，現在正在他眼前。那道切割周圍環境的邊界，如今被微弱光線包圍，與周圍的無盡黑暗隔絕了。

「你怎麼了？」

「我說不上來。不過我想……」阿一試著找出最恰當的說法，「今天剛來這個露營場的時候，我發現只有小木屋村周圍跟其他地方不一樣。我看到只有這一塊是黑暗的，就像被一層黑影覆蓋起來一樣……妳懂嗎？比方說夏天下午晴空萬里，妳走在街上，頭頂剛好飄過一大片雲，在雲飄走之前，附近都會暗下來對吧？只有雲的正下方會被雲的影子蓋住……明明其他的地方都很亮，就只有雲的影子底下暗暗的這樣……我要說的就是那種感覺啦。明明那裡沒有雲，可是我看起來就比其他的地方要暗。」

「那裡是哪裡？」

阿幸站在阿一旁邊，往他看的方向看去，似乎想知道他看見了什麼。

「就是營火廣場、五間小木屋，到這裡的管理員小屋跟料理場啊。只有這一塊被圍在黑暗邊界裡面。」

阿幸凝視著黑暗深處，然後回過頭看著阿一，這麼問道：「就像那裡是個特別的地方？就像那裡是個不該進去的地方？」

阿一看著阿幸，神情有些驚訝。「不該進去的地方」這正是阿一第一次看到小木屋村的時候，心中所浮現的感覺。

阿一點點頭，聽阿幸繼續說。

「真的有這種地方哦。讓人不想靠近、不想進去的地方。而你的眼睛就是能看到這種地方的邊界。」

阿幸突然環視周圍，對阿一說：「走吧。消失的可能不只是汽車露營場而已。」

「我們去登山步道看看吧。大家應該還在那裡。」阿一說著就往回走，但心中的不安卻愈來愈明顯。

這片環繞山頭的黑暗森林裡，正發生著什麼可怕的事情。

營火廣場上，夜叉丸還是一個人對著洞穴裡瞧。看來他還是不肯放棄尋寶。

兩人走過夜叉丸身邊的時候，阿幸小聲對阿一說：「別管他啦。」

兩人把夜叉丸留在廣場上，趕往五號小木屋後方的登山步道入口。

走過小木屋旁邊的時候，阿一發現牆壁上有一隻正要蛻變的蟬。這蟬一身潔白，想要掙脫滿是泥土的蟬蛹，在黑暗中特別顯眼。但是這蟬脫殼脫到一半，就不再動作，好像是僵住了一樣。

## 蛻變失敗了嗎？

雖然趕著走過小木屋，阿一還是很在意那隻蟬。

「不見了！」

先一步抵達的阿幸輕聲尖叫，站住不動。阿一趕緊拋下那隻蟬，跑向阿幸眼前的那片黑暗。

「不見了！路不見了！看不到登山步道入口的路燈了！」

「怎麼會？」阿一對虛空發問，迷惘地看著四周。

眼前仍是一片無盡的黑暗森林。原本小木屋後面有條人跡踩出來的便道，通往登山步道，如今連個影子都沒有。

阿一從防風運動衣的口袋裡取出手電筒，打開開關。那是剛才試膽遊戲所使用的手電筒。

阿一走進樹林中，靠著微弱的圓形光環，朝著曼陀羅兒童會聚集的地點前進。但是黑暗森林中的茂密樹叢與堅韌藤蔓就像一道道障壁。走個幾步就必須改變方向，再走個幾步便只能回頭，完全無法前進。

「喂！你們在哪？純平——！大地——！會長——！」

阿一試著對黑暗中大喊，但是聲音卻十分空洞。彷彿無限的黑暗連聲音都能吞噬，話才說出口就淹沒在黑暗之中了。

「阿一，回去吧。」呆站在小木屋後方的阿幸，叫了阿一一聲。

他回頭一看，只有小木屋周遭在黑暗中閃著藍白色的光芒。阿一束手無策，只好回到阿幸身邊，搖了搖頭。

「我搞不懂，到底發生什麼事？現在是什麼情況？妳覺得跟剛才的地震有關係嗎？」

「可能吧。」阿幸點點頭。

在阿一進一步發問之前，阿幸就接著說了下去。

「我也不知道發生了什麼事，爲什麼會這樣。但是剛剛地震的時候，一定有什麼事情改變了。」

「是什麼呢？」阿一忍不住發問。

「我也不知道。」阿幸回答。

阿一輕嘆了一口氣，再看了看黑暗森林的深處。

「大家跑到哪裡去了？爲什麼汽車露營場、登山步道，還有路燈都不見了？」

阿幸突然想說些什麼，隨即閉上了嘴。似乎是想挑選適當的用詞來告訴阿一。

「說不定不是大家不見了。消失的不是附近的風景，應該說……只有我們跟小木屋村跑到別的地方了。」

「這是什麼意思？」

阿一驚訝地看著阿幸。阿幸也是一臉困惑。

「我也不太會講……阿一說過那個邊界對吧？這種邊界就像肉眼

看不到的牆壁，兩國之間的國界也是這樣啊。沒錯，雖然眼睛看不到，但是卻把空間給分隔開來。營火廣場、小木屋、管理員小屋和料理場。這裡應該是被隔絕的封閉空間吧。你懂嗎？這裡被看不到的邊界牆給圍起來了。簡單來說就像是被關在箱子裡一樣。阿一看到的就是這道看不見的邊界。我想可能是因爲剛剛的地震，把整個箱子裡的封閉空間都搬到另一個地方去了。」

「唔……這個……妳先等一

下。搬到某個地方……這我還是不太瞭解啊。妳是說，我們被丟到另一座山上去了嗎？」

阿一努力想趕上阿幸的想法，不過還是迷迷糊糊。難道一場地震，就能把露營場裡面的一小部份給扔到另一個地方嗎？

阿幸已經是滿臉疑惑，皺起了眉頭。

「我說其他地方，也不一定就是其他山頭。應該說是……其他空間，……也就是『異界』。」

「異界?!」

阿一大爲吃驚，直瞪著阿幸的臉。兩個人就在這樣尷尬的氣氛中互相凝視。

這時，阿一心中突然有了最基本的質疑。

**……妳到底是誰？**

**為什麼還沒回家？**

**就算住得再近，也沒理由在晚上跑來露營場吧**？

但是阿一終究沒能問出口，只是把疑問藏在心中。

阿幸彷彿沒注意到阿一的想法，自顧自地說：「我有很不好的預感啊。」

「我知道哥哥一定會惹出什麼大事來，才想在他惹事之前抓住他，把他帶回家的。結果哥哥還是到處躲躲藏藏。」

話說到一半，阿幸突然像是驚覺到什麼，停了下來。

「等一下。」阿幸看著天空說。

「啊？」

阿一不知所措。

「是哥哥啦！對，這全都是哥哥的錯！」

阿幸開心地對阿一說明。

「剛剛在發生地震之前，不是有聽到哥哥大喊：『我終於找到啦！』嗎？那時候哥哥正想打開青銅蓋子吧。蓋子一打開，事情就發生了。蓋子……因為打開那個蓋子，才會發生什麼可怕的事情。我竟然忘了，我的壞預感百發百中啊！如果這個莫名其妙的意外有什麼原因，一定就在夜叉丸哥哥身上！果然是哥哥捅出什麼大簍子了！很大、很大的簍子！」

「走吧！」阿幸氣呼呼地走向營火廣場，阿一則是呆呆地目送她離開。

過了一會兒，阿一才回過神追上去。但是跑到一半，有樣東西吸引了他的目光。

那隻蟬還在小木屋的牆上。脫殼脫到一半的白色成蟬。

阿一不可思議地伸手摸了一下蟬的身體。聞風不動的身體，凍結一般的翅膀，但牠確實還活著。

「怪了……」阿一迷惑地自言自語。

「爲什麼不會動？爲什麼沒有完全脫殼？爲什麼會脫到一半就停住了？」

如果蟬蛻變失敗，身體會從透明白轉變爲混濁黑。從阿一在小木屋牆上發現這隻蟬之後，已經過了不短的時間。既然這蟬還是白色，就證明牠還活著。但是牠卻一動也不動。

就好像脫殼到一半，時間便停住了。

阿一再次看看手錶。

八點十二分。

「咦？錶停住了。」阿一說著，心頭突然跳了一下。

**難道停住的不是錶，是時間**？

「不會吧……」阿一自言自語，環顧四周。

五號小木屋和四號小木屋之間，有一盞發光的庭園燈。這電燈大約只有阿一的一半高，燈光周圍看來有許多被光線吸引的蟲子。

阿一仔細端詳那盞燈，然後突然倒抽一口氣，發出一聲響亮的尖叫。

「啊！」

燈光裡，蟲子們都停在半空中。不振翅，也不移動。

蟲子們就這麼靜靜地，漂浮在靜止的時間中。

# 8 管理員太太

阿一呆滯地在小木屋前站了一段時間。突然有個聲音讓他回了神，那聲音刺激著意識深處，讓他全身發麻。

那是腳步聲。

沙沙、沙沙、沙沙。

有人，或是有什麼東西，正在他身後的樹林裡踩著落葉，四處徘徊。

**是我聽錯？還是風聲？**

但那不可能是風聲。因爲這片森林裡的時間應該已經停住了。風不會吹，樹葉也不會搖晃。

他屏氣凝神，豎耳聆聽。

沙沙、沙沙、沙沙……

果然聽得到。那是微弱的腳步聲，刺激著他緊繃的神經。背脊也開始打著冷顫。

**有什麼東西在樹林裡**。

阿一屏住氣息，小心翼翼地離開了小木屋前方。爲了不被森林裡的東西發現，他強抑著心中的不安，奔向營火廣場。

阿幸跟夜叉丸正在廣場中央吵得不可開交。

「妳要我說幾次啊？就跟妳說我不知道，我也沒有藏什麼東西嘛！」

「那個……」阿一打算插話，不過兩個人沒把他放在眼裡。

「哥哥偷拿祝姨婆的水晶球之後，還不是講一樣的話！姨婆緊張得要命，你也是說『我不知道，我什麼都沒有藏』對吧？結果到底是誰把水晶球拿去偷藏的呀？」

「那個……」

阿一再次挑戰，結果還是被兩人的拌嘴給擊敗了。

「妳可真會講，意思就是妳不相信我說的話囉？被妹妹嫌成這樣，我可真的要喜極而泣了。」

「我也是會相信別人的好不好！如果哥哥不這麼愛說謊、愛吹牛、愛亂來，我就會相信你啦！你說洞穴裡什麼都沒有，搞不好是挖出什麼不該挖的東西了吧？如果你有藏，就快點拿出來！都是因爲哥哥，我們現在遇上大麻煩了啦！」

「妳聽好，我再說一次。我什麼都沒有藏。我才剛撬開那個蓋子，地震就來了。等到地震過去，我才去看洞裡面有什麼，可是什麼都沒有啊。我可以對神跟尾巴發誓！」

「那個……可以打擾一下嗎？」

阿一終於找到切入的時機了。

夜叉丸跟阿幸則是一起氣呼呼地瞪著阿一。

「我有兩件事情報告。第一，看來我們現在身處在靜止的時間之中了。附近的東西都不會動了。」

「你在胡說什麼啊？」夜叉丸以爲阿一傻了。

「什麼意思啊？」阿幸也歪著頭搞不清楚。

阿一在兩人面前，伸出了戴有手錶的手腕。

「時間停住了。停在八點十二分。」

「是你的錶壞了吧？」

夜叉丸聳了聳肩，把阿一當成笨蛋。於是阿一便指向營火廣場旁的路燈。

「你們看那邊就知道了。聚集在燈光底下的蟲子。看，有大隻的飛蛾。你們看到了吧？牠就這樣停在半空中，連翅膀都不拍一下，有沒有？其他的蟲子也一樣啊。明明一動也不動，但是卻都不會掉下來，只是停在半空中。」

夜叉丸跟阿幸瞇起眼睛，凝視路燈的光環，看得愈清楚，眼睛就瞪得愈大。

「真的呢！」阿幸大叫。

「這什麼鬼啊？」夜叉丸也說了。

阿一看著兩個人瞪著路燈發呆，又報告了第二件事情。

「第二件事……就是有人在森林裡走來走去。」

「咦?!」這次，夜叉丸跟阿幸同時看著阿一。

「我聽到腳步聲了。雖然不是很近，但是在五號小木屋前面的森林裡，有個東西在走來走去。」

「有個東西……是什麼東西啊？」

夜叉丸怕得瞄了森林一眼。

「我也不知道啊。我只聽到有東西踩在落葉上，發出小小的腳步聲而已。只是兒童會的會長他們有說過，以前有個孩子走在月黑風高的森林裡，結果碰到個怪傢伙，就死掉了。那傢伙是沒有臉的四腳獸，如果碰到牠，三天內就會死喔。我記得名字好像是『磁之前大人』的樣子。」

「快逃吧。」夜叉丸突然發表了大膽又乾脆的意見。

「啊？可是，要逃去哪？怎麼逃？」阿一脫口而出，阿幸也跟著點頭。

「就算想逃，也逃不掉啊。」

阿幸以平靜的眼神環顧四周。

「我們已經被關起來了。被關在無盡的森林，凍結的時間裡。」

阿幸這番話，讓黑夜中的三人感受到深沉晦暗的不安。

小木屋村的微光，勉強抵擋著來自四面八方的黑暗。三個人躲在微弱的光明盾牌下，害怕得面面相覷。

就在這一瞬間。

「你們在那裡幹什麼?!」

突然傳來一聲陌生的呼喊，差點讓阿一他們的心臟從喉嚨蹦出來。三人趕緊找尋聲音的來源。

管理員小屋的門口有個人正往這裡瞧。那人背後的亮光模糊了臉孔，但是看來像個矮小的阿姨。

「你們在幹什麼？」

那個人又大喊了一次，並往營火廣場中央走來。

那是個穿個黑圍裙的矮小阿姨。

「啊……是管理員太太……」

# 8 管理員太太

阿一嘟噥著，鬆了一口氣。

管理員太太大步走到三人面前，露出一副圓潤和善的臉，然後難以置信地看著營火廣場中央的大洞。

「真是的，怎麼可以挖出這麼大的洞呢？這樣我們很傷腦筋啊！」

聽到她開朗俐落的語氣，讓阿一覺得自己總算從惡夢回到現實世界中了。他甚至心想，剛才發生的事情或許都是一場夢。

「到底是誰挖出這個洞的？」

阿一偷偷看了看手錶，又看了看路燈。

指針停著沒動。蟲子停在半空中。果然這不是在做夢。

「沒有啦，這不是挖的，是……那個，剛剛不是有地震嗎？所以……對了！這個洞是剛才地震造成的地層下陷啦！」

愛亂搞的夜叉丸，說著胡言亂語的藉口。

管理員太太懷疑地皺起眉頭，看著夜叉丸的臉，以及地上那個大洞。

**她有發現嗎**？阿一心想。她有發現時間已經停止了嗎？她有發現小木屋村被無盡的森林給包圍了嗎？

「那個……」阿一小心翼翼地發問。

「什麼事？」管理員太太看著阿一。

「呃，管理員叔叔不在嗎？」

「哦，剛才汽車露營場的客人要他送火種過去啦。因爲木炭點不起來。你找他有事嗎？我可以去叫他一下……」

管理員太太說著就回頭往管理員小屋看，然後輕呼了一聲。

「哎呀？怪了。那邊的露營場怎麼沒電了？黑成一片啊。是停電了嗎？」

阿一、阿幸、夜叉丸三人馬上用眼神互打訊號。

看來管理員太太還沒發現。管理員小屋也算在黑暗邊界裡面，所以小屋裡的管理員太太也被關到這裡面了。

阿一、阿幸、夜叉丸、管理員太太，現在總共有四個人被囚禁在靜止的時間中。

「我去看一下喔。」

管理員太太正要離去，但被阿幸擋了下來。

「等一下！」

管理員太太吃驚地停下腳步，對三個小孩臉上的緊張感到疑惑。

「最好不要去啦。」阿幸這麼說後，轉頭看著阿一，示意要他接棒。

「咦？換我嗎？」

阿一急忙看著夜叉丸，夜叉丸卻不知爲何用力點頭。真是個靠不住的傢伙。

阿一嘆了口氣，下定決心，開始吞吞吐吐地解釋起來。

「呃……該怎麼說呢。我覺得妳最好別到那邊去啦。爲什麼呢？因爲啊，就算妳過去了，也看不到汽車露營場，只有一片黑黑的森林。這個森林裡面好像有可疑的傢伙晃來晃去，所以還是別去比較好。這樣有瞭解嗎？」

阿一說得戰戰兢兢，沒想到管理員太太竟爽快地點點頭。

「好、好，我知道了。如果我走過去就會碰上麻煩對吧？你們到底搞了什麼花招？有什麼企圖啊？真好笑，汽車露營場不見了？我可沒有笨到會相信這種玩笑啊。」

管理員太太唸了一大串，生氣地哼了一聲，就轉過身往管理員小屋大步走去。

但是當她走過小屋旁邊，便立刻停下了腳步。

「就跟妳說了吧。」

什麼都沒解釋的夜叉丸聳了聳肩。

「怎麼搞的?!」

管理員太太回過頭來大喊。

「這是怎麼回事?!現在是什麼情況啊?!你們到底幹了什麼好事?!汽車露營場呢?車呢?帳篷呢?客人呢?我老公到哪裡去了?!」

管理員太太氣沖沖地跑回三人面前，阿一則很不好意思地對她解釋。

「其實……我們也什麼都不知道啊。我們也沒有做什麼。現在只知道這裡的時間已經完全停住了，而且小木屋村周圍是一望無際的森林。汽車露營場跟登山步道都不見了。跟我們一起來露營的人也都不見了。不知道爲什麼，只有我們這些在小木屋村裡的人還留在這裡。留在這停頓的時間裡……」

「停頓的時間？」

管理員太太不安地看著四周。於是阿一又再次指向路燈，請管理員太太看看燈光下的蟲子們。

「這怎麼可能……時間竟然停住了……？」

管理員太太用力地搖搖頭，雙手緊貼臉頰。阿一、阿幸、夜叉丸三人則是面面相覷。一陣難以忍受的沉默。感覺只要有人開了口，就會破壞平衡局面，讓大家失足摔落到黑暗的恐懼之中……

這時，管理員太太抬起了頭，阿一看到她的臉後，便大吃一驚。管理員太太從手指縫中露出雙眼，眼光投向阿一他們身後，直瞪著那一團黑暗。從她的眼中可以看出難以言喻的恐懼。

「……難道，難道，你們說的是那個洞？」

管理員太太一邊說，一邊步履蹣跚地走向營火廣場中央的大洞。她往那又深又暗的洞中看去，阿一他們則是在一旁擔心等候。

「……怎麼會，怎麼會這樣……」

管理員太太口中唸唸有詞，蹲在洞穴旁的土堆上。然後慢慢把手伸向土堆上那個圓圓的青銅蓋。

她用顫抖的手指慢慢剝開附在青銅蓋上的泥土，底下漸漸出現了浮雕圖案。

「這……這是什麼？」

夜叉丸用手電筒照過去，想要一探究竟。

「啊……」阿幸輕輕尖叫了一聲。

阿一也總算看清楚了青銅蓋上到底雕刻著什麼。

那是一條高高抬著頭的大蟒蛇。

# 9 獨眼蛇

「啊——」管理員太太發出悲嘆，跌坐在地面上。

「怎麼了？妳知道這洞是怎麼回事嗎？妳知道裡面埋了什麼東西吧？」阿幸急得問個不停。

管理員太太一語不發，看著那青銅蓋，過了一陣子才慢慢回頭，彷彿已經精疲力盡一般。

「我不知道……可是我小時候有聽過一個傳說，這傳說太真實了，真實到有點恐怖啊。好久以前，這座山上有間大神神社，神社的

神主在山上挖了一個很深的洞，封住了某種東西，再用青銅蓋子蓋住洞口。後來大家就傳說龍神岳森林埋著不好的東西，絕對不可以進去的……」

這時大家的眼光都被吸引到營火廣場中間的大洞，以及那青銅蓋子上。

「某……某種東西？不是寶藏嗎？」夜叉丸嚇了一跳，趕緊問個清楚。

「是瘟神。」管理員太太神情渙散地說。

這一句話在大家心頭蒙上了一層災禍的陰影。

「咦？瘟神，那不就是散布瘟疫的神嗎？洞裡面就是埋著那種東西嗎？」

夜叉丸怕得縮著脖子往洞裡瞧。

「傳說有提到……」管理員太太盯著青銅蓋子繼續說，「瘟神長

# 9 獨眼蛇

得就像一條大蛇……」

青銅蓋上的大蛇盤起身體，高舉著頭，彷彿也在聽她說話。阿一不禁打了個冷顫。

「為什麼會把這種東西埋在這裡啊……」阿幸嘟囔著。

「因為這裡以前就是做這種事情的地方啊。」管理員太太說。

「自古以來，這附近的村民就相信，龍神岳住著大蛇一般的瘟神，會在村子裡散布瘟疫。當初建造大神神社就是用來安撫瘟神的。所以只要村子發生瘟疫，大神神社就會舉行除疫祈禱。所以龍神岳一直都是瘟神的住處啊。而且環繞山頭的整片森林，就是用來把瘟神關在山裡的屏障。大神神社就是看管瘟神的獄卒了。你們明白了嗎？

瘟神以前可是在森林裡四處走動的，人類絕對不能進入這座森林裡。就因為有大神神社跟環繞山頭的森林監獄，瘟神才無法從山上跑到村子裡。但要是有人跑到了這監獄裡面，隨時都有可能碰到瘟神。

所以大家才說這裡是不可進入的森林，並戒慎恐懼啊。但是隨著時間過去，大家都漸漸忘記了。龍神岳附近慢慢出現住宅，愈來愈多人在這裡生活。當然就會有人不知道古老的傳說跟禁忌啦。

所以到了明治末年，大神神社最後一代神主才會決定把山中遊蕩的瘟神，封印在這個洞穴裡面。我過世的爺爺曾經跟我講過這個故事。但是現在幾乎沒有人知道這座山就是瘟神山，也沒有人知道瘟神被封在這座山的什麼地方了。畢竟現在山上都已經變成露營場了。」

管理員太太說著，環顧了四周，小聲嘆息道：「果然這裡不應該蓋什麼露營場啊。」

語畢，四周又恢復一片寂靜。阿一站在洞穴旁，望著洞穴深處，心中百感交集。

被封在洞裡的瘟神真的跑出來了嗎？

山上的大神神社，應該是很久以前的建築物了。最後一代神主把

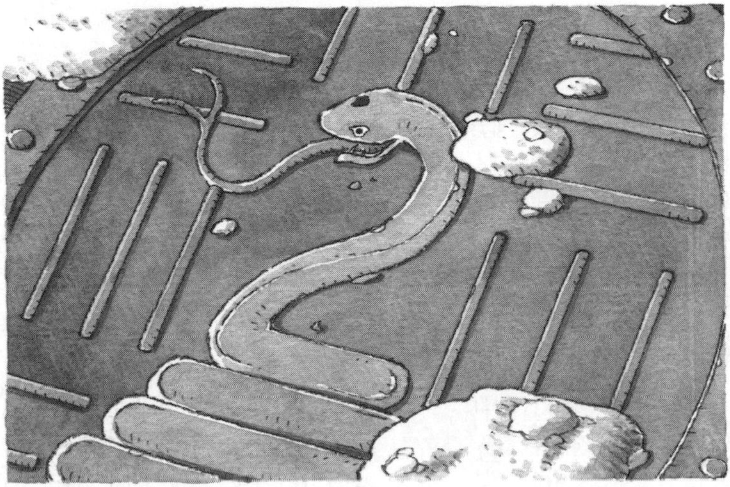

瘟神封在洞穴裡，也已經是好幾年……不對，將近百年前的事情。難道瘟神現在又回到人間了嗎？

好久以前，萬屋會長的奶奶的弟弟，在這座森林裡碰到的某種東西，就是那個瘟神嗎？那麼爲什麼他看到的是四腳獸呢？爲什麼不是大蟒蛇呢？

阿一再次端詳土堆上的青銅蓋，以及那瞪著自己的浮雕蛇。一身的鱗片，蜷曲的軀體，高舉的蛇首，張著血盆大口，吐出火焰般的舌頭。

阿一仔細看著這條蛇，心中有個疑問。

**為什麼要把蛇刻在蓋子上呢**？

如果要把蛇封在洞裡，那洞穴的蓋子上應該會刻些不一樣的東西吧？比方說蛇害怕的東西……銳利的大刀，抓蛇的鷹鳥什麼的。關蛇的洞穴蓋子上又刻著蛇，感覺就是有點不搭軋。難道神主在蓋子上雕蛇，是要告訴大家「危險！勿近！」嗎？

阿一一邊思考，一邊靠近青銅蓋。他伸出手，不經意地用手指撥去蛇頭上的泥土。

「咦？」阿一突然叫出聲來。

大家往阿一看過去，只見他小心地撥去大蟒蛇臉上的泥土，仔細看著那張臉。

「是獨眼的……」

大家聽到阿一的話，也跟著往他手指的方向看。

浮雕的大蛇少了一隻眼睛。雙眼之中只有一邊有眼珠，另一邊卻是個空洞。

「爲什麼只有一隻眼睛呢？」

阿一歪著頭望向管理員太太。

「這個呢……」管理員太太也歪著頭說，「是山神的象徵吧？傳說山神也只有一隻眼睛就是了……」

又是一片沉默。阿一的思緒恢復平靜，但一回想起花田太太唱的那首童謠，又再次攪亂了他的心。

磁之前大人，快到這裡來，

我沒有鑰匙，所以不能去。

趁伊之前大人沒看見，

幫我打開大鎖吧！

獨眼山神是瘟神，也就是蓋子上雕刻的大蟒蛇。洞裡關著的，是曾經在禁忌森林裡遊蕩的蛇形瘟神。指的就是「磁之前大人」嗎？磁之前大人已經跑出洞穴了嗎？

「喂，哥哥，洞裡面真的什麼都沒有嗎？你打開蓋子的時候，沒有什麼東西跑出來嗎？」阿幸詢問夜叉丸。

「我怎麼知道。我一打開蓋子，就一陣天搖地動，從洞裡吹出一陣強風，吹得我連眼睛都張不開了，怎麼可能看得到？等風停下來，我再往洞裡看，就什麼都沒有了。」

「那你有什麼想法？」阿幸又轉而問阿一，「被封印的瘟神真的跑出來了嗎？如果是真的，時間凍結也是瘟神的傑作嗎？」

「我覺得好像不太對吧……」阿一邊想邊開口，「先不管瘟神到底跑出來沒有，就算跑出來的真的是瘟神，我想也不會是祂把時間給停住的吧。要是時間停住，瘟神自己也動不了，不是嗎？感覺好像瘟神一放出來，就又被關進牢裡去了。」

「這是什麼意思啊？」

阿幸呆若木雞。

阿一慢慢整理自己的推理，然後繼續解釋。

「也就是說啊，目前我們這個地方，已經跟正常世界隔絕了。周圍是無窮盡的森林，連時間也被凍結……這不就像監獄一樣嗎？我們就像以前森林裡的瘟神一樣，完全被關在小木屋村的封閉空間裡了。好不容易逃離洞穴的瘟神，怎麼可能做這種事呢？祂應該會急著往外跑吧？」

「這麼說也沒錯……但是這樣一來，到底是誰把時間給停住的呢？又是誰把小木屋村隔離起來呢？」阿幸擔心地問道。

「我也不清楚，不過我有幾個想法。」

阿一望向空中繼續說：「我第一個想法，就是當初神主封印瘟神的時候，可能下了第二道封印以防萬一。如果我們要藏什麼不能給人碰的東西，一定也會特別小心吧？挖個大洞，蓋上厚重的青銅蓋……因為還是不放心，所以才會在洞穴附近再加上一層柵欄，以防萬一……要是有人打開蓋子的話，就會觸動陷阱，把洞穴周圍給包圍起來。這是第一個可能啦。第二個想法比較簡單，就是龍神岳本來就有這個功能。原本龍神岳跟山腳下的森林，就一直是用來囚禁瘟神的監獄。所以當瘟神從洞裡跑出來，龍神岳就會發揮力量，自動把瘟神困在這個小空間裡面。我覺得這也不是不可能，比方說人體要是發現細菌，就會自動用白血球圍攻它，不是嗎？」

聽到阿一這樣問，在場沒有一個人點頭。因為大家都不知道白血球是怎麼消滅細菌的。

阿幸焦躁地再次質問阿一，「喂，阿一，不要講得好像學校上課一樣啦。所以你覺得真的有瘟神從洞裡跑出來了嗎？」

阿一瞧了阿幸一眼，又轉向半空中，回到自己的思考世界裡。

「我也還不知道跑出來的是不是瘟神，甚至不知道當時洞穴中埋的是不是瘟神。這座山有太多傳說跟事實，我現在沒辦法消化完。妳看，這山上還有夜叉丸說過的山穴家傳說。山穴家祖先在山裡看到的洞穴，就是這個洞嗎？可是這樣一來，山穴傳說跟大神神社最後一任神主挖洞封印瘟神的時間就有落差了。山穴家祖先看到洞穴，應該比這個要早得多才對。這兩個洞穴可能不一樣吧？

還有『磁之前大人』的傳說。以前只要是月黑風高的夜晚，森林裡就會出現神祕的不明魔怪『磁之前大人』。這個魔怪就是瘟神嗎？如果是，爲什麼會有這種怪名字呢……」

「磁之前……四之前……四的前面是三吧？」夜叉丸插嘴道。

「用注音符號的順序來排的話，『ㄘ』的後面就是……『ㄙ』？」阿幸也發表了意見。

阿一歪著頭思考。

「總之這應該有什麼含意吧，只是現在還不知道而已。我想可能是某種『禁語』，因爲害怕或敬畏瘟神，不敢直呼神的名諱。就好像古人用稱號來稱呼動物一樣……比方說猴子叫做『猿公』，老鼠叫做『御新娘』，狐狸叫做『夜大人』之類的。但是有人把蛇叫做『磁之前』嗎？」

夜叉丸突然吹了一聲口哨。

「你真是萬事通啊！」

「因爲我常聽奶奶講這些故事啦。」

阿一趕緊推辭，然後改問保持沉默的管理員太太。

「阿姨有聽過『磁之前大人』跟『伊之前大人』嗎？」

管理員太太突然做出驚訝的表情，不過接著她就空洞地望向遠方。

「……好像有在哪裡聽過……可是記不清楚了。現在也不知道那是什麼意思了。」

「磁之前跟伊之前？什麼東西啊？一的前面是零？」夜叉丸歪頭沉思。

這時，阿一輕聲唱起花出太太告訴他的童謠。

**「磁之前大人，快到這裡來，我沒有鑰匙，所以不能去。趁伊之前大人沒看見，幫我打開大鎖吧！」**

「不要唱！」管理員太太大喝一聲，叫阿一立刻住口。

大家驚訝地看著她的臉。

她有些不好意思地別過頭去，嘀咕著解釋：「晚上別唱歌，聽說會招來怪物的。」

「不是吹口哨才會招來怪物嗎？」阿一這麼說。

「我看是會引來蚯蚓吧。」夜叉丸說道。

這時，時間靜止的營火廣場周圍，突然響起樹木沙沙的聲響。狂暴的強風搖晃著樹木，襲捲著廣場一帶。

「有風？」

阿一抬起頭，聽到了風中的聲音。

**——把眼珠子給我吧。**

**——把我的眼珠子，交回我手中。**

# 10 封閉空間

「唔哇啊——!」夜叉丸發出淒厲的尖叫。

原本跌坐在地的管理員太太突然起身，往管理員小屋狂奔而去。當她跑進管理員小屋，就碰的一聲關上門。

夜叉丸見狀，便追過去大喊：「喂——!歐巴桑!不要自己逃走啊!」看來他也想到小屋裡避風頭。

阿一和阿幸傻傻地站在狂風中，看著這齣鬧劇。

「喂——!開門啊!」

夜叉丸猛敲管理員小屋的門。

不知何時，風停了下來。那可怕的聲音也消失無蹤。營火廣場周圍仍是一片死寂的黑暗。

「剛才是什麼聲音啊？」阿幸看著無風的夜空，喃喃自語。

阿一則是凝視著腳底的青銅蓋，凝視著浮雕的獨眼蛇……凝視著那沒有眼珠的空洞眼睛……

「祂說把眼睛還給祂……」

阿一的低語驚醒了阿幸，讓她也看往蓋子上的蛇。

「是蛇嗎？剛才是蛇的聲音嗎？所以洞裡跑出來的，真的是蛇形瘟神囉？」

「爲什麼祂要找眼睛呢？」

阿一歪著頭思考。

「如果本來就是獨眼蛇，爲什麼現在才要討眼睛呢？是不是有誰把眼睛給拿走了？搞不懂啊……真是愈來愈搞不懂了。」

夜叉丸從管理員小屋的門口走了回來。

「呿！呿！那個歐巴桑竟然鎖了門不出來啊！現在的大人真的是喔……」

「接下來該怎麼辦？」阿幸問阿一。

阿一拚命思考之後，看著遠方回答：「啊……是這樣呀。」

「阿一！」

一聲大喊，把阿一拉回了現實，他回頭問阿幸：「怎麼了？」

「真的很煩耶！你不要一個人自言自語，要回我話啊。我在問你接下來該怎麼辦呢？你有好士意嗎？」

「我哪來的好主意啊。」阿一接得俐落，讓阿幸大失所望。

「總之還是快逃吧。」夜叉丸這麼說。

「所以是要逃去哪？」阿幸吐了槽。

林。

「逃去哪喔……就是……」夜叉丸沒自信地回頭看著黑暗的森林。

「就是……走著走著可能會走回原來的露營場也說不定……」

「別亂講了好不好，又不是在兒童樂園迷路……」

阿幸看來快要爆發了，一旁的阿一卻突然開口：「可是……說不定比待在這裡要好一點喔。」

阿幸與夜叉丸驚訝地看著阿一。

「這是什麼意思？要我們在森林裡閒晃嗎？森林裡有來路不明的傢伙遊蕩，我們還要開心地進去遠足嗎？」

「可是……」阿一認真地看著阿幸，「如果不搞清楚森林發生了什麼事，我們也不知道接下來該怎麼辦啊。說不定、說不定就像夜叉丸說的，森林裡有通往外面世界的出口喔。」

「可是森林裡有那傢伙啊。」

「說不定那傢伙等等就過來找我們了。」阿一小聲說，「不……祂一定會來的。」

三個人同時看著微弱光明盾牌之外，那蠢蠢欲動的黑暗。

「與其在這裡等對方過來，還不如我們先調查一下森林會比較好。可是有個問題，我們沒地圖，也沒燈光，不知道該怎麼調查這個森林。隨便亂走只會迷路而已吧。」

「如果在森林裡碰到那傢伙呢？」阿幸問道。

阿一沉默了一下，然後簡短回答：「那就快逃吧。」

阿幸忍不住大嘆了一口氣。

「可惡！這個竟然壞掉了！」

夜叉丸一臉怒氣，從垮褲口袋裡拿出了某樣東西。

阿一跟阿幸定神一看，夜叉丸手裡的東西原來是個小型羅盤。圓盤上有支不斷旋轉的羅盤針。

「這個……就是可以找到地底寶物的羅盤嗎？」

阿一湊過去問夜叉丸，但是夜叉丸猛搖頭。

「不是、不是，這只是普通的羅盤啦。尋寶客當然要有羅盤在身上囉。不過看來它是不能用了。如果可以用，至少就不會在森林裡迷路的說……」

阿一靈機一動，問了夜叉丸一個問題。

「說到這個，你剛剛不是說地底羅盤指著這個洞嗎？意思是那個羅盤可以指出地底洞穴的位置吧？」

「你說的沒錯！」

夜叉丸洋洋得意地收起壞掉的羅盤，從口袋裡拿出另一個大上一號的八角形羅盤，小心謹慎地把它拿到阿一眼前。

八角形台座上鑲了一個羅盤，上面沒標示S或N，也沒標示南或北。盤面上只有一個一筆畫成的大五角星。五角星的五個尖角中，有

一個角標示著一個小黑點。現在羅盤針正指著從黑點角右邊數來第三個尖角的位置。

「這個圖案叫做五芒星。」夜叉丸開始說明，「星星的五個角，從上面開始依序代表著『木』、『火』、『土』、『金』、『水』。通常羅盤針會像現在一樣指向第三個角，也就是『土』的位置啦。如果地底下有埋什麼東西，它就會一直轉個不停，然後告訴我們底下有埋什麼。可能是木，可能是水，可能是火……當然也有可能是金啦。」

「你找到蓋子的時候，羅盤針指向哪裡呢？」

「哪裡都沒指啊。」夜叉丸回答，「當時它只是很用力地轉個不停而已。我一開始也以爲這個羅盤壞掉了，可是一離開這個地方，指針就又指向原本的『土』位置。只有在這裡，指針才會轉個不停。所以我才想說挖挖看，沒想到就挖到這個蓋子了。」

夜叉丸說完，就把羅盤放在空空的洞穴上。

阿一又看了看夜叉丸手中的羅盤。

「指針沒在動，一直指著『土』的位置。」

阿一說完又看了看洞穴裡面。

「剛才轉個不停的羅盤現在指著『土』的位置，代表裡面的東西真的不見了。洞穴裡的某種東西一定是跑出來了。」

「對了！」阿幸大喊一聲。

「只要我們帶著這個羅盤，至少會知道那傢伙是不是在附近啊。如果他靠近我們，羅盤一定會轉個不停的。」

「我可不確定離開土裡的東西，羅盤能不能感應到啊。」夜叉丸插嘴道。

「一定能感應啦！」阿幸自信滿滿地點頭。

「之前祝姨婆不是靠這個羅盤，找到地底的古老金錶嗎？姨婆很喜歡那個金錶，隨時都掛在胸口，記得嗎？後來只要姨婆在附近，羅盤指針就會停在『金』的位置不動，一看就知道了。簡直像是姨婆感應器……所以現在羅盤一定也會對那傢伙有反應的。」

「看來是沒問題。」阿一點點頭。

「那就帶著它出發吧。」

「要去哪？」夜叉丸問得很快。

「嗯？就是去森林裡面啊。我想我們也走不了太遠，總之在能看到光線的範圍內繞一繞吧。」

「好，瞭解。」夜叉丸用力點頭，大聲對阿一說，「去吧！」

「咦？」阿一驚訝地看著夜叉丸。

「你不去嗎？」

「這次我就不去啦。我在這裡待命，發生什麼事情要叫我喔。」

阿幸生氣地瞪著夜叉丸。

「叫了你也不會來吧。」

夜叉丸假裝沒聽到。

「路上小心喔。羅盤就交給你啦。」夜叉丸一說完，便把八角形羅盤交到阿一手上。

阿一腦中出現了幾個問題。

**為什麼你的姨婆會有這種羅盤呢？**

**姨婆又是在哪得到這個羅盤的呢？**

但是阿一很快就拋下了這些疑問。因爲還有很多事情要想，沒必要特地增加自己的困擾。

「走吧，阿一。」阿幸說著，就緊緊握住阿一的左手。

阿一緊張了一下，想把手抽回去，但是阿幸緊緊握住，怎麼也不肯放。

「我在黑暗中也看得很清楚，交給我吧。」

「你說從哪裡開始？」

這時阿一腦中又出現了幾個問題。

**為什麼妳在黑暗中也看得很清楚**？

**妳到底是誰**？

而這次的問題也被阿一拋在腦後，他立刻對阿幸點點頭。

「那就從一號小木屋後面的森林開始吧。那棟小木屋旁邊的路燈最亮，探索的時候剛好可以當成目標。」

「要小心喔——！快點回來喔——！」夜叉丸悠閒地揮揮手。

阿一和阿幸將他拋在腦後，從一號小木屋後面走向又深、又暗、又寧靜的森林裡。

才剛踏進森林一步，兩人立刻被深深的黑夜所吞噬。

如此黏稠、沉重的黑暗，彷彿將腳步聲、說話聲、呼吸聲，都給吸了進去，消失無蹤。甚至會覺得連自己的身體都被黑暗奪去，不知去向。

阿一手上的手電筒一照到地面，就剩下一個小小的圓點，完全不會擴散。

從夜叉丸手中拿來的羅盤正在阿幸手上。因爲阿一如果想在這黑暗中看羅盤，還得特地把手電筒拿來照才能看得見。

不過阿幸似乎可以在黑暗中看見羅盤指針的動向。

阿一感覺阿幸正不時瞧著羅盤，小心慎重地往前走。她的另一隻手，則緊抓阿一的左手不放。

阿一把照著地面的手電筒抬起來，照向林木之間，可是光線沒到多遠就被黑暗給吸收掉了。

「有看到什麼小路之類的嗎？」

阿一像蚊子叫一般地問阿幸，彷彿這樣才不會被森林裡遊蕩的「那傢伙」給聽見。

「什麼也沒有。」阿幸回答得比阿一更小聲。

兩人不斷回頭確認小木屋村的光線，慢慢在森林中前進。

廣場的光線愈來愈遠，有如透過針孔的燭光一般微弱。

「最好別再往前走了。」阿一停下腳步小聲說道。

阿幸默默點頭，接著突然發出一聲小小的尖叫。

「怎麼了？」阿一立刻全身緊繃。

「你看！在那裡……」

阿幸拉起阿一的手，指向一個方向。

「你看，那裡也看得到光！」

此時阿一也看到了那道光。在兩人想要前進的黑暗之中，確實有一點小小的光源。

阿一跟阿幸悶不吭聲，在原地前後張望，比較兩地的光線。

身後的小木屋村光芒，跟眼前的小小光源，在黑暗中都微弱到幾乎看不見。

或許再往前走一步，就看不見小木屋村的光線了吧。

這麼一來，還能從這裡走回去嗎？還能回到小木屋村嗎？

阿一知道，即使如此還是只能前進，因此嘆了一口氣。他小小聲地在阿幸耳邊細語，「我過去看看。妳呢？要回去也行喔。」

「一起去吧。」阿幸小聲說著，就往前面的光源走去。

「我不知道前面有什麼喔。說不定有什麼埋伏著呢。」

「這我知道啦。」阿幸點點頭。

阿一回頭瞄了一眼，已經看不到小木屋村的光線了。

他關起手電筒，收進防風運動衣的口袋裡。

如果前面有什麼東西在埋伏的話，走向那道光就危險了。等於是特地告訴對方自己在哪裡。

兩人關了燈光，躡手躡腳，屏氣凝神，一步一步走向那道光。光線在黑暗中的範圍變得愈來愈大，愈來愈近。

那裡有誰？或是有什麼？

到了那裡會怎樣？會發生什麼事？

兩人完全無法預測接下來的發展，只能一直接近光源。光線穿過樹木，滲入黑暗的森林之中。彷彿飄浮在黑暗大海裡的光明離島。

**哎呀**？阿一嚇了一跳。

眼前這景象是不是在哪裡看過？

往前一步，再一步，光亮之中的景象終於變清楚了。

那裡有一座孤獨的路燈。路燈下可以看到小木屋。一、二、三、四、五棟小木屋，還有小木屋之間的營火廣場。

「……這是怎麼回事啊？」

阿幸拉著阿一的手，呆呆地看著眼前的景象。

「這是小木屋村啊。跟我們的小木屋村一模一樣。」

就在此時。

二號小木屋後面突然冒出一個人影，出現在燈光中。

「喔，挺快的嘛。探險結果如何啦？」

「……夜叉丸？」

阿一瞇起眼睛，想看清那個背對燈光的黑影。

「哥哥？你怎麼會在這裡啊？」阿幸也嚇了一跳，趕忙問道。

「怎麼在這裡？因爲我想說一個人很危險，所以躲在小木屋後面等你們回來啊。沒想到還挺早的。有找到什麼嗎？」

「……回來？」

阿一滿臉疑惑，回頭張望。剛才通過的森林依然深沉茂密。而在深不見底的黑暗彼端，確實是阿一他們剛才出發的小木屋村沒錯。

從小木屋村出發，穿過大片黑暗，竟然又回到了原來的地方……

「哥哥，你真的沒有離開小木屋村嗎？一直在這裡嗎？這裡真的

是我們剛才出發的小木屋村嗎？」阿幸胡亂地問著夜叉丸。

夜叉丸也是丈二金剛摸不著頭腦。

「妳在說什麼東西啊？『我們剛才出發的小木屋村』是什麼意思？你們剛剛從這裡走進森林裡，然後又回來了不是嗎？真不知道妳在胡言亂語個啥。到底發生什麼事啦？你們好像被狐狸耍妖術給騙了一樣。」

「空間完全被封閉了……」阿一嘟噥著。

阿幸與夜叉丸則是不安地看著阿一。

「我們所在的這個空間，已經完全被封閉了。哪裡也去不了，哪裡也不能去。所以就算直直往前走，也只會回到原來的地方。也就是說，我們現在就像被包在一顆躲避球裡面一樣啊。」

夜叉丸吞了口口水，質問阿一，「……總之，你有沒有簡單點的說法？」

「總之……」

阿一感覺自己的聲音像是空虛的風聲。

「我們完全被關住了。這座森林是沒有出口的。」

# 11 遺失的眼睛

阿幸想說些什麼，卻又說不出口。

夜叉丸則是急得唸個不停：「那要怎麼辦啦！怎麼辦啦！怎麼辦啦！」

沒有人能回答他的問題。

「我們沒辦法離開這裡嗎？沒辦法回到原來的世界嗎？」

阿幸自顧自地說著，氣呼呼地環顧四周。

「如果真有辦法，那就只有一個了。」阿一靜靜地說著。

「什麼辦法？」夜叉丸趕緊問道。

「因爲某種東西跑出那個洞，這個世界才被分割開來。如果把它再次關回洞裡去，這裡應該就會恢復原狀吧。」

夜叉丸和阿幸面面相覷，阿一則是繼續說明。

「可是這也不能保證一定成功。搞不好把那傢伙關回去了，一切還是保持原狀。可能當它從洞裡逃出來的時候，這個空間就永遠被隔離了。原本的世界還是不受影響，維持原狀。你看，傷口總是會結痂，痂脫落之後，傷口還是會長出新的皮膚，恢復原狀對吧？就像那個樣子。」

「我們變成傷痂了是吧？」

夜叉丸不甚開心，鬧著脾氣。

「不對，不是我們，是我們現在身邊的空間就像傷痂一樣啦。」

看到阿一如此認真地指正，夜叉丸也只能無奈地嘆氣。

這時阿幸開口了，「既然辦法只有一個，那當然只能賭一把囉。」

「怎麼賭啊?!」夜叉丸急著問，「你們要怎麼把那傢伙關回洞裡去啊?!我們連祂長什麼樣子都不知道，說不定超凶惡的！也不知道祂是大是小，是圓是扁，聽不聽得懂人話，頑固還是溫和，搞不好是個彆扭的傢伙啊！弱點呢？喜歡的東西呢？鞋子穿幾號？」

「跟鞋子尺寸無關吧？」阿幸瞪著夜叉丸吐槽道，「就算哥哥一直這樣抱怨下去，我們也是無計可施啊。而且追根究柢，到底是誰害我們變成這樣的？是誰硬要撬開那個危險的青銅蓋，從洞裡放出那糟糕的東西啊？你說啊？」

「妳這傢伙！想把責任推給我是吧！」

「什麼推給你！本來就是哥哥的責任好不好！」

「什麼！妳只是我的妹妹而已，還敢這麼囂張！」

「你是哥哥還這麼沒用！」

「安靜一下啦！」

阿一難得強硬地介入兩人之間，阿幸和夜叉丸被嚇到，乖乖閉起嘴來。

「你們有沒有聽到什麼聲音？」阿一問了兄妹倆。

「有什麼聲音嗎？」夜叉丸反問，阿幸則是將食指湊近嘴邊，作勢要夜叉丸安靜。

「聽到了！在森林裡面！」阿幸小聲地說。

三個人對著黑暗豎起耳朵。

沙沙……沙沙……

沙沙……沙沙……

一陣陣，慢慢的。

沙沙……沙沙……

沙沙……沙沙……

有什麼東西走過來了。

一陣陣有如溶入黑暗之中的聲音。

但是聲音沒有遠去，感覺確實在靠近。

沙沙……沙沙……

沙沙……沙沙……

一點一滴的。

沙沙……沙沙……

沙沙……沙沙……

那聲音愈來愈大，在黑暗之中迴盪。

「你們看！」

阿幸突然輕聲尖叫，她瞪大了眼睛看著手中的羅盤。

畫著五芒星的羅盤上，磁針正瘋狂地轉個不停。

「唔哇啊——！」

夜叉丸又發出淒慘的叫聲，拔腿衝過營火廣場，跑到管理員小屋旁邊，躲在建築物後方。

「又逃掉了。是能逃去哪裡啊……」阿幸不開心地嘀咕著。

「我們也躲起來吧！躲在料理場的爐灶後面剛好，那裡可以看到整個營火廣場。」

阿一簡潔有力地說明，拍了一下阿幸的肩，然後兩人拔腿就跑。

在他們奔跑的時候，阿一給了阿幸一個僵硬的微笑。

「這樣至少可以知道對方長什麼樣子吧。」

阿幸也回給阿一一個苦笑。

「只是可能看不出他鞋子穿幾號吧。」

阿一聽了噗哧一笑。

兩人來到料理場前方，回頭確認從森林中接近的傢伙到了沒有。

「說不定根本沒有腳喔。」阿一嘟噥道。

此時，營火廣場周圍又颳起一陣強風。

阿幸和阿一急忙躲在爐灶後面。

這時風中又響起了那個聲音。

——**我的眼睛，在哪？把眼珠子，給我。**

阿一和阿幸在爐灶後方面面相覷。

「那傢伙還在找眼睛呢。」阿幸小聲說道。

——**眼珠子，在哪？把眼珠子，還給我。**

那是女性的輕聲細語。雖然只是輕聲細語，卻不知為何與黑暗共鳴，乘著風，迴盪在整個廣場上。

——**眼珠子，在哪？快點，把眼珠子，給我。**

阿一和阿幸從爐灶上探出頭，偷偷觀察營火廣場的狀況。

小木屋那邊的一面黑暗，突然對著廣場吐出了一團小小的白色物體。

兩人吃了一驚，仔細觀察那團白色的物體。

那是個人！是個穿著純白色和服的長髮女人！

——**眼珠子，在哪**？

突然，女人消失了蹤影。兩人也不自覺從爐灶上抬起了身子。

這時白衣女子又瞬間出現在營火廣場旁邊。兩人嚇得趕快縮起頭。

——**把眼珠子，還給我**。

那女人像是要討什麼東西一樣，把雙手手心朝上，伸向前方。走了一步，兩步，然後又消失蹤影。

——**把我的，眼珠子，給我**。

這次她又出現在三號小木屋前面了。

「那是什麼啊……怎麼一下出現，一下消失的……」阿幸用蚊子

叫一般的聲音說著。

「好像耶誕樹的燈飾喔，一閃一閃的。」阿一也不自覺發表了感想。

女人從三號小木屋前方消失，接著突然出現在料理場前面，差點把兩個人的心臟嚇到爆炸。兩人立刻縮起頭。

但是在躲起來的那一瞬間，阿一似乎看到了那女人的臉。

白白的鵝蛋臉，傾瀉而下的及腰長髮，尖挺的鼻子，薄薄的嘴唇。

但是她沒有眼睛。

白白的眼皮底下只有兩個黑黑的空洞，兩邊都沒有眼珠，不只是獨眼，而是根本無眼。

——**眼珠子，在哪？**

她似乎睜著空洞的雙眼，往這裡找尋眼珠。那往前伸出的雙手幾乎就要抓到自己一般，嚇得阿一直冒冷汗。

**——我的眼珠子……**

阿一再次偷偷抬起頭，仔細一看，那女人已經跑到廣場中央徘徊了。

她搖搖晃晃地走了幾步，就停了下來。停在那原本有加蓋的洞穴邊。這次她沒有消失，而是慢慢低頭，似乎在用空洞的雙眼盯著那個洞裡看。

**如果現在偷偷過去，從背後把她推到洞裡，會成功嗎**？

這個想法瞬間就消失無蹤了。

因爲那個女人又不見了。

「她兩隻眼睛都不見了吧。」

阿幸似乎也看到了那女人的臉。阿一點點頭。

「她的另一隻眼睛也不見了。所以才會急著要找……可是爲什麼呢？那隻眼睛掉到哪去了呢？」

那是蛇的化身嗎？雖然有著人形，卻不是人。

青銅蓋上刻著的單眼蛇，徘徊在黑暗中的無眼女。難道單眼蛇弄丟了剩下的那隻眼睛嗎？怎麼弄丟的？掉到哪裡去了？

**——我的眼珠子，在哪？**

女人再次出現在五號小木屋前面，看來還在找她的眼珠。

**妳是誰？是大蛇嗎？是瘟神嗎？妳叫什麼名字？妳就是「磁之前大人」嗎？**

黑暗之中，阿一心頭又響起了那首童謠。歌詞化爲細語，慢慢從阿一口中流出。

「磁之前大人，快到這裡來，我沒有鑰匙，所以不能去。趁伊之前大人沒看見，幫我打開大鎖吧！」

阿一用小到聽不見的聲音哼著那首童謠。

他感覺似乎就要掌握到什麼非常重要的線索。歌詞裡一定有什麼解開謎題的關鍵。

「磁之前大人，快到這裡來，我沒有鑰匙，所以不能去。趁伊之前大人沒看見，幫我打開大鎖吧！」

阿一又唱了一次，這時阿幸突然拉住他的衣角。

「阿一……」

「什麼？」

阿一的思緒被打斷，趕快抬起頭看著廣場。

那女人從一號小木屋前面消失了蹤影。

「有東西在發光！」阿幸用極小的聲音在阿一耳邊說。

「在哪？」

阿一往廣場上東張西望。

「不對！是這裡啦！」

阿幸又拉了一下阿一的衣服。阿一吃了一驚，趕快看向自己的衣服。

他的口袋裡有某樣東西在發光。原本阿一還以爲這是手電筒的光，但他馬上就知道自己錯了。

因爲發光的不是防風運動衣的口袋，而是褲子口袋。

「這……這是什麼啊？」

阿一嚇了一跳，先用手從褲子外面摸著那發光的東西，確認形狀。

又硬又圓……褲子裡應該是裝了什麼東西吧。

「這什麼東西啊？」

阿一又唸了一次，把手伸到口袋裡面，這才喚醒了他的記憶。

這是在玩試膽遊戲的時候，他拿到的「1」號小石子。原本怎麼也找不到，後來才發現藏在石龕的方格窗之中……不對，是那孩子幫我找到的……

那孩子？那個幽靈男孩找到的石頭？

阿一打了個寒顫，心中充滿不祥的預感。

他從口袋裡取出石子，驚恐地打開手心。

「啊……！」

阿一的心跳愈來愈快。

他手中的石子正發出光芒。

那是顆表面光滑的圓石。

石子的顏色偏黃，正中央有著一個清晰的黑色圓點。

「這……這不就像……不就像是……」

阿幸呆若木雞，低聲細語。

這就像顆有著黑色瞳孔的黃色眼球。沒

錯，這顆石頭就像蛇的眼珠一樣。

此時，那聲音在兩人身邊響起。

**——終於，找到了……**

兩人驚訝地抬起頭。

**——把我的眼珠子，還給我。**

那女人站在爐灶前面，將手伸向兩人面前。

# 12 瘟神

「快……快逃啊！」

阿一大喊一聲，兩人同時從爐灶後面衝了出來。

但是才跑到營火廣場中央，白衣女子就出現在阿一面前，擋住了他的去路。

**——把眼珠子，給我。**

阿一倒退了一步，想逃開女人伸出的手掌。

當那細長的手指即將碰觸阿一的身體時，阿幸突然在管理員小屋前面大叫。

「阿一！傳球！」

阿一想都沒想，就把石子拋向阿幸。

原本近在眼前的白衣女子，也突然消失無蹤。

阿一看著阿幸接到石子之後，筆直往自己跑過來。

白衣女子還是不見蹤影。

「怎麼回事啊？你從哪裡拿來這顆石頭的？」

阿幸喘著氣跑了過來，才剛說完，阿一心中便響起了警訊。

「糟糕！」

「咦？」阿幸驚訝地看著阿一。

「我們不能聚在一起啊！」

可惜，就是慢了一步。

「呀啊！」阿幸發出慘叫，她看到有人抓住了阿一的手。

回頭一看，那個白衣女子已經出現了。她用細長的手指緊緊抓住阿一和阿幸的手臂，並且用一對空洞的雙眼瞪著他們倆。

——**把我的眼珠子，還給我**。

阿一和阿幸拚命扭動身體，想掙脫女人的手。這時突然有種東西開始纏住阿一的腳，不管再怎麼掙扎，那束縛就是不放，最後全身都動彈不得。阿一驚恐地往下看，那駭人的物體也纏住了阿幸的腳。

那是又粗又長的白蛇尾巴！

「唔哇——！」阿一大聲尖叫。因爲他發現那蛇尾就跟女人連在一起。

上半身是女人的模樣，但她的下半身沒有腳，而是變成了粗大的蛇尾。那蛇尾正纏住阿一和阿幸的腳，並且慢慢加重力道。

「唔哇——！」又傳來一聲尖叫。

回頭一看，原來是躲在管理員小屋後面偷看的夜叉丸，被眼前的光景嚇得跌坐在地。

「哥哥！傳球！」

阿幸突然把石子丟給了夜叉丸。

「咦？啊？我嗎？什麼啊？」

夜叉丸在還搞不清楚狀況之下就接下了石子。

「哇啊——！這什麼鬼！不就是蛇的眼睛嗎！」夜叉丸大聲尖叫。

纏住阿幸和阿一的尾巴慢慢鬆開，露出真面目的大蛇，就這麼半人半蛇地在廣場上蠕動，靜悄悄地爬向夜叉丸。

「唔哇——！別過來啊——！我才不要這種鬼東西咧！」

夜叉丸將手上的石子隨手扔了出去，只見石子就這麼掉入營火廣場邊緣的草堆裡。

大蛇又換了方向，阿幸則是一個箭步，衝向那堆草叢。

這時管理員小屋的門打開了。穿著黑圍裙的管理員太太一臉驚訝，看著眼前的大騷動。

「這是……怎麼搞的？發生什麼事了？」

阿幸比大蛇更早一步找出了那顆石子，然後立刻轉身拋了出去。

「阿一！」

石子飛過大蛇頭頂，掉在阿一腳邊。

阿一彎腰撿起石子，只見大蛇又轉向往阿一過去。大蛇與阿一之間的距離愈來愈短。

叫。

「快丟過來！」

出聲的是站在小屋外的管理員太太。她拚命揮著手，對著阿一大

「快點把它扔到這裡來！」

阿一正準備把右手的石子扔過去，突然……

不知爲何，他想起了那首童謠。

**磁之前大人，快到這裡來，**

**我沒有鑰匙，所以不能去。**

**趁伊之前大人沒看見……**

這句歌詞讓阿一停住了手。

「趁伊之前大人沒看見？」

阿一高舉著手，喃喃自語。

「快點丟過來啊！」管理員太太再次大喊。

「阿一！大蛇來了！」阿幸也急得大叫。

「磁之前大人」和「伊之前大人」。

他想起阿幸說過的話。

**「ㄘ」的後面就是「ㄙ」**。

「不對……」阿一不自覺地說著。

「不對……不是這個順序。這個順序不對！」

「阿一！快啊！」阿幸大喊。

大蛇要來了！

「快點！快丟石頭啊！」管理員太太繼續大喊。一邊喊，一邊往這裡跑過來。

阿一站在營火廣場上，看著爬行的大蛇和奔跑的管理員太太，同時往他靠近。

突然，他心中的黑白顛倒，正負反轉。

他發現，之前看到的東西全都是顚倒的。

「阿一！」阿幸拚命大喊。

「快丟給我！」管理員太太在阿一身邊大叫。

阿一將石子交了出去，交給那爬行而來的大蛇。

「爲什麼?!」

管理員太太高亢地大聲尖叫。

「阿一！你在幹什麼啊?!」

阿幸嚇得跌坐在地。

白衣女子伸出細長潔白的手指，從阿一手中接下了石子。

然後，女子將石子放入左眼皮底下的空洞裡。

——**總算，看到了。**

找回左眼的女人笑著說。

——**總算，找到妳了。**

這時管理員太太一個轉身，就往管理員小屋拔腿狂奔。

但此時，阿一眼前的白衣女子完全變了樣。

白衣女子的身形突然變得巨大，原本上半身的人形也完全化成了蛇形。

白色的大蟒蛇高舉著頭，以閃閃發亮的獨眼緊盯著奔跑的管理員太太。

瞬間，大蛇不發出一點聲音，滑過地面。那鎖定獵物之後的敏捷動作，是之前根本無法比擬的迅速。

一眨眼，大蛇就來到管理員太太背後，像一條柔軟的繩索，綑住了在小屋門口不遠處的管理員太太。

「阿一！」

阿幸衝了過來，抓住阿一的雙臂搖晃。

「你爲什麼要把眼珠給大蛇？爲什麼要給大蛇？」

「因爲那顆眼珠本來就是大蛇的東西啊。」阿一平靜地說。

管理員太太在大蛇的纏繞中不斷掙扎。大蛇一邊蜷緊身體，一邊蠕動著，退到營火廣場中央。

「管理員太太！她要被蛇吞掉了！」

阿幸急得快要掉下淚來。

「那隻大蛇不是瘟神。」阿一說得斬釘截鐵。

「那牠是什麼？山中的王？普通的怪物？」

爬呀，爬呀……

大蛇捲走了牠的獵物，爬向營火廣場中央的洞穴。

管理員太太被蛇纏繞的同時，發出了吱吱叫的聲音。

「妳仔細聽了。」阿一對阿幸說。

阿幸猶豫地抬起頭來，傾聽從蛇身中傳來的喊叫聲。

那叫喊已經不像是人類的聲音。在蛇身之中掙扎的東西，也根本

不像個人了。

當白蛇捲著獵物慢慢通過兩人面前的時候，阿一和阿幸總算看清楚了蛇身之中捲的是什麼。

那看來是隻跟貓一樣大的巨大老鼠。扭動著鞭子一般細長的尾巴，身上長滿堅硬的灰毛，四隻腳不斷擺動掙扎，可見這隻老鼠多拚命想逃離大蛇的束縛。

但是這隻老鼠沒有臉。該是臉的地方，只有一個空空的大洞。

阿一猶豫了一下，伸出雙手搗住阿幸的耳朵，不讓她聽到老鼠的聲音。

吱吱、吱吱，被大蛇抓住的老鼠似乎在悲泣。

阿一抱住阿幸，讓她的頭埋進自己胸前，並把耳朵搗得更緊。

大蛇捲著老鼠，爬向營火廣場中間的洞穴。

吱吱、吱吱……

「沒事了。」阿一從摀住耳朵的手邊，對著阿幸低聲說道，「這是命中注定的。瘟神的真面目不是蛇，而是老鼠。大蛇是負責把瘟神關在山裡的守門人。青銅蓋上雕刻著蛇，也是用來封住關著瘟神的洞穴。守門人拿回眼珠，找到了老鼠。所以又要把老鼠關回洞穴裡去了。」

「那老鼠呢？老鼠會怎麼樣？」阿幸顫抖地問阿一。

大蛇就快把老鼠的身體塞回洞穴裡去了。

吱吱、吱吱。老鼠的悲鳴更加淒厲。

「我也不知道啊……」

「或許又要在洞裡沉睡了吧。」

大蛇盤起了身體，就盤在監禁老鼠的洞穴上。

當白色的大蛇封印了洞穴入口，突然間大地搖晃起來，像是一股巨浪。

阿幸和阿一吃驚地抬頭，營火廣場周圍的樹木正沙沙作響，並吹起一陣狂風。

當狂風停息，兩人身邊慢慢有了聲音。

這股聲音有如從遠方席捲而來的浪潮，由小而大，由模糊而清晰。蟲鳴聲和露營場的嘈雜人聲，回到了兩人身邊。

阿幸和阿一面面相覷，然後大大吸了一口潮溼的晚風。

「成功啦！我們回來啦！我們贏啦！回到原來的世界啦！」

傳來的是夜叉丸活力十足地吶喊。

此時，阿幸像彈簧一樣從阿一胸前彈開，阿一也很不好意思，收回了摀住阿幸耳朵的雙手，試著把手藏到口袋裡。

夜叉丸跑到兩人身邊，完全不看狀況，愉快至極地用力拍著阿一的肩膀。

「哎呀！幹得好啊！還好大家同心協力，總算平安生還啦。」

「哥哥不是什麼也沒做嗎？」

阿幸難以置信地瞪著夜叉丸。當然，夜叉丸還是馬耳東風。

「雖然那個歐巴桑很可憐，不過也沒辦法啦。冒險總是會有犧牲嘛。」

夜叉丸一直躲在管理員小屋旁邊，看來他沒目睹整件事情的經過。

「你怎麼知道的？」阿幸問阿一，「你怎麼知道大蛇不是瘟神？怎麼會想到瘟神的真面目是老鼠呢？又怎麼知道是老鼠變成那個阿姨的呢？」

「什麼？老鼠變成阿姨？」夜叉丸驚訝地反問。

阿一說出他的想法：「都是托那首童謠的福啦。磁之前大人，快到這裡來。我沒有鑰匙，所以不能去。趁伊之前大人沒看見，幫我打開大鎖吧！

剛才我們在討論『磁之前大人』的時候，其實妳已經很接近正確答案了。妳說用注音符號的順序來排，『ㄘ』的後面就是『ㄙ』。這給我一個很好的提示。」

「什麼啊？這是什麼意思啊？」

夜叉丸忍不住插嘴。阿一繼續說了下去。

「用注音符號是對的。但是要改個順序來想才對。聽好了。

『ㄅㄆㄇㄈㄉㄊㄋㄌㄍㄎㄏㄐㄑㄒㄓㄔㄕㄖㄗㄘㄙㄧㄨㄩㄚㄛㄜㄝㄞㄟㄠㄡㄢㄣㄤㄥㄦ』

到這裡，就知道『ㄘ』的前面是『ㄗ』。

『ㄅㄆㄇㄈㄉㄊㄋㄌㄍㄎㄏㄐㄑㄒㄓㄔㄕㄖㄗㄘㄙㄧㄨㄩㄚㄛㄜㄝㄞㄟㄠㄡㄢㄣㄤㄥㄦ』

到這裡，就知道『ㄧ』的前面是『ㄙ』。所以是『ㄗ』和『ㄙ』……在中文中代表十二地支的『子』和『巳』，也就是老鼠和蛇。

知道這個之後，我才發現瘟神不可能是蛇。因爲童謠裡面被關住出不來的，是沒有鑰匙的老鼠，蛇是負責發現老鼠的……現實生活裡的老鼠也會散布黑死病菌和霍亂菌，對吧？而蛇就是捕食老鼠的好動物了。仔細想想，其實很合乎邏輯啊。但是那個阿姨故意告訴我們相反的事實，想擾亂我們的決定。她說瘟神的真面目是蛇……只是爲了掩飾自己的真面目吧。」

「爲什麼瘟神要變成那個阿姨呢……」

阿一對著阿幸聳聳肩。

「我也不知道。不知道的事情還很多呢。爲什麼那隻大蛇會弄丟僅剩的重要眼珠呢？爲什麼那顆眼珠會跑到山麓的小石龕裡面呢？那個幽靈小男孩爲什麼特地讓我找到眼珠呢？如果是故意的，他怎麼知道眼珠在哪？大蛇跟幽靈小男孩有什麼關係嗎？妳看，問題還多著咧。」

失了！」

「啊！快看！」

夜叉丸指著阿幸和阿一身後。

「洞穴整個不見哩。青銅蓋子也看不到了。連我挖洞的痕跡也消失了！」

「可能是重新封印了一次，而且封得比以前更深、更嚴密了吧。我想原本這個洞穴沒有這麼淺，但是露營場動工之後，就跑到地面附近的地方來了。要是隨便就挖得出來，那也太危險了。」

阿幸似乎想到了什麼，從口袋裡拿出了八角形羅盤。羅盤上的指針，靜靜指著五芒星中「土」的位置。

登山步道那邊傳來了嬉鬧聲。

阿一瞪大了眼，看了看自己的手錶。

時間是八點十七分，表面上的秒針正滴答滴答地往前走。

抬頭一看，路燈光環中的蟲子們，又跟以前一樣忙著飛來飛去。

「時間也開始轉動了。一切都恢復了。」阿一心滿意足地說著。

「我該回家了。」阿幸說。

阿一的心突然揪了一下，回過頭來，跟阿幸四目相接。

「喔！回家吧！我得回家大吃一頓才行，不然都要餓死啦！阿一再見囉，多保重啊。」

夜叉丸說完就瀟灑地走向山中，阿一以眼角餘光目送他離開，眼神卻離不開阿幸。

阿一心中又出現了幾個問題。

**妳的全名叫什麼？**

**妳家住哪裡？**

**可以告訴我電話號碼嗎？**

**以後還能看到妳嗎？**

但是最後，阿一什麼也問不出來，只能默默地看著阿幸。

因爲他有一種直覺，這些問題是不該問的。

阿幸什麼也沒說。也只是默默看著阿一。

最後，是阿幸先挪開了視線。

她低下頭，不再看阿一，只是輕輕說了一聲：「再見。」

「啊……對呀。已經很晚了喔。」

阿一手忙腳亂，一邊看手錶，一邊找藉口。

接著阿一舉起手，輕輕揮手道別，而阿幸的手指突然勾住了阿一的手指。

兩人手指相連，瞬間，阿一與阿幸再次四目相接。

「再見。」

阿幸又說了一次，然後放開了手指。阿一的手彷彿被縛在半空中，好不容易才放了下來，然後也對阿幸說道：「再見。」

阿幸走過了營火廣場，在廣場邊緣再次回頭，看見阿一對她揮了揮手。

當阿幸穿過小木屋，背影消失在山林之中，阿一心中浮現了最後一個問題。

**妳從哪裡來**？

**要回哪裡去**？

當阿幸的身影離去，阿一感覺自己身邊的景物正慢慢褪色。他獨自站在黑暗的營火廣場上，煩悶地嘆了一口氣。潮溼的夏夜氣息，塡滿了他苦悶的心。

阿一突然發現，他最氣的其實是自己，於是又嘆了一口氣。什麼都說不出口，什麼都不敢問，只能對阿幸說「再見」。這麼膽小幼稚的表現，他無法接受。剛才他還以爲自己是個大人了呢！

「阿一——！」

登山步道那邊傳來了純平的聲音。

「你還真是沒用啊──!」

這句話威力十足，一拳打進了阿一的心坎裡。

「你竟然把一號小石頭丟在石龕前面就回來了，我還幫你拿回來哩!喂!阿一──!跑哪去啦?!」

「我要過去了啦!」

阿一有些生氣地喊了回去，然後深深吸了一口氣，走向登山步道入口。

走過五號小木屋旁邊的時候，回憶湧現心頭，他往上看著牆壁，發現那蟬還在牆上。

現在蟬兒已經完全脫離了舊殼，軟白的軀體蜷曲在黑暗中，正慢慢伸展那皺巴巴的翅膀。

# 13 阿幸

露營第二天，阿一過得十分懶散。

早餐的煎熱狗，會長大力贊助獎品的「定向越野尋寶賽」、黑白棋、抓蟲，沒有一樣能讓阿一提起興趣……

好不容易來到晚餐時間，阿一趁著準備烤肉的機會跟會長單獨相處，請教他大神神社的事情。

「昨天會長說過大神神社的事情啊……好像是在這座山裡的樣子……那裡拜的是什麼神啊？」

「你想問那裡供奉的神明對吧？我想想，拜的是什麼神呢……？大物主？不對，還是大國主啊……？我也只有讀過鄉土史書，沒有那麼清楚啦。」

「是喔……」

阿一失望地縮成一團，接著會長竟說了讓他大吃一驚的話。

「不過我記得神社供奉的聖物，是一顆很像蛇眼珠的石頭，叫做『蛇眼石』的樣子。」

「咦?!」

阿一倒抽了一口氣，看著會長的臉。會長看到自己講的話讓阿一這麼吃驚，心情大好，說得更加起勁。

「蛇眼石有個傳說喔。好久好久以前，這附近的山中住著一隻白蛇。某天，白蛇變成美麗的女人，跟村裡的男人相戀結婚。後來白蛇懷孕，即將臨盆，但是她沒有叫接生婆，也不讓任何人靠近。白蛇自己待在產房裡，並交代丈夫『千萬不可以偷看』。但是丈夫太過擔心，不顧約定偷看了產房裡面，結果……登登！」

會長還特地配上音效，演得十分誇張。

「嚇死人了！產房裡竟然有條大白蛇盤著身軀，而且還有個小嬰兒香甜地睡在白蛇的身軀裡呢！白蛇說，被丈夫發現了真面目，就沒辦法繼續一起生活，於是回到山中。在回到山上之前，她取下了自己其中一只眼珠，交代丈夫說『請讓孩子舔這顆眼珠，把他撫養長大吧』。」

「那大神神社的聖物……就是那顆眼珠嗎？」阿一嘟囔著問道，會長的心情愈來愈好，用力地搖著頭。

「不對、不對，那顆眼珠被小嬰兒吃掉啦。因爲嬰兒是舔著那顆眼珠長大的。但是當孩子七歲的時候，村裡發生了饑荒，甚至還流行瘟疫，村人都手足無措。白蛇的丈夫跟兒子也因爲沒東西吃，上山找食物，沒想到深山裡突然出現一條單眼白蛇，把自己剩下的眼珠也交給那孩子。母愛很偉大吧？爲了挨餓的孩子，甘願奉獻自己僅剩的眼珠呢。」

「那孩子也吃了那顆眼珠嗎？」

阿一問道，但會長又用力地搖搖頭。

「沒有啦。很遺憾，那孩子後來感染瘟疫過世了。白蛇的丈夫爲了讓母子能夠團聚，就把孩子埋葬在山麓的樹林裡面。悲傷的白蛇爲了保護那個男孩，便盤踞在墳前動也不動，最後變成一座大山。傳說這就是龍神岳啦。後來白蛇交給孩子的那顆眼珠，就被當作山之聖物，供奉在石龕裡。這就是後來大神神社的聖物了。」

原來這座山是白蛇的身體啊……白蛇在這裡盤踞，跟人們所供奉的眼珠，永遠守護著村子。

「那神社拆掉之後，那顆眼珠……聖物跑到哪裡去了？」

「這我就不知道了。」

會長看著驚訝的阿一，不知所措地摸摸鼻子。

「是到哪去了呢……？大神神社是奈良縣櫻井市三輪神社的分支，或許被拿到那裡去了吧……要不然就是埋在山裡的角落，還是被蛇給拿回去了……總之，細節我就不知道了。」

所以大蛇才會在找眼珠啊……阿一心裡想著。

那男孩……那個幽靈男孩，把遺失的眼珠交給我保管了。他是希望我把眼珠交給大蛇啊……

那男孩是誰呢？三輪山的使者？白蛇那夭折的獨生子？還是會長奶奶的弟弟，碰到瘟神而死的鬼魂……？

在那片時光凍結的森林裡，我們沒有像蟲子一樣動彈不得，也是那男孩幫的忙嗎？說不定那男孩特地把我們送到森林裡，就是希望我們把眼珠還給白蛇呢……

在沒有月光的夜裡，這片森林中有許多東西蠢蠢欲動。更別說現在是農曆七月了。

阿一離開了會長身邊，一個人在黃昏的森林裡閒逛。在柔和淡薄的暮色中，融合著潮溼的土木芬芳。樹枝背對夕陽成了黑影，暮蟬在樹上輕唱。

今天整天都沒看到她。雖然想見，卻又不想見……他在微暗中瞇起眼睛，輕輕嘆了一口氣。

每年的烤肉都差不多，每樣東西的火候都太強，烤得又黑又硬。阿一吃著像是蟬化石的香腸，還有再多烤一秒就會變成炭灰的青椒，心想爲什麼沒有人換一下烤肉的菜單呢？真是不可思議。

大家到底是怎麼吞下這些跟焦炭沒兩樣的食物呢？阿一環顧四周，發現江島太太跟花田太太悄悄躲在烤肉區旁邊，鬼鬼祟祟地不知道在做什麼。

兩個人正把白飯放在濾紙上，快快地灑了些什麼，然後往嘴裡送。看來她們早就有備而來，想用配飯料來抵抗化石烤肉吧。想必她們今晚打算不碰烤肉，光靠拌飯來撐下去的樣子。

「喂！大家盡量吃，還多的是啊！」

會長還是一樣自我感覺良好。

會長的弟弟萬次郎先生，一邊啃著焦炭般的烤肉，一邊嘀咕說道：「我絕對不會再來露營了。」

吃完飯之後，廣場中央燃起了熊熊的營火。

阿一看著紅色的火光發呆，心想在這火堆的正下方，就是沉睡著那禁忌的青銅蓋。

萬屋會長抱著吉他，自彈自唱披頭四的「Get back」。這是萬屋會長的拿手好戲。而且今年還有驚人的特別節目，那就是萬次郎先生從口袋裡拿出口琴，跟會長一起合奏。

「喔！久等啦！雜貨店兄弟！」

純平開玩笑地喊著，逗得大家哄堂大笑。

大地用力憋著笑，偷偷對著阿一說：「表演得也太好了吧，這一定練超久的。不愧是雜貨店兄弟檔。」

阿一苦笑著點頭，此時熊熊火光吸引了他的視線。火堆之下就是那個圓蓋，圓蓋之下正沉睡著那傢伙。

但是現在回想起來，一切都像是一場夢。昨天發生的事情是夢？是真？還是現在眼前的景象才是夢？

橘紅色的火焰對著黑暗張牙舞爪，扭曲閃爍，彷彿在跳著一曲熱舞。

阿一的心被火舞誘惑，漸漸遠離營火廣場的喧鬧。吉他聲、口琴聲、會長的歌聲、大家的歡笑聲，全都聽不到了。

突然，阿一在火焰中看到了清楚的幻象。

地上有個大洞，洞中燃燒著熊熊火焰。火焰之中有個穿著神官服的男人，他身旁有個巨大的竹籠。竹籠裡似乎有什麼東西。

阿一凝視著火焰中的幻象。

吱、吱、吱、吱、吱……

有一個聲音。竹籠裡確實傳來了聲音。

**是老鼠！**

這個發現讓阿一的心頭顫了一下。

神官模樣的男人，將竹籠扔入火堆之中，此時阿一突然緊閉雙眼。

哇！四周響起熱烈的歡呼。他吃了一驚，張開眼睛一看，原來是雜貨店兄弟演奏結束，大家正在給予熱烈的掌聲。

阿一也跟著僵硬地拍著手。

「安可！」

「安可！」

此起彼落的掌聲編織成一個節奏。

「安可！」

「安可！」

這時，阿一發現那男孩出現在火堆旁的人群中。他就坐在火光對面，正對著阿一。小男孩坐在小學男生的最後面，認眞地拍著手。

「……啊……」話才到嘴邊，又被阿一吞了回去。但是小男孩彷彿聽見了阿一的心聲，抬起頭來。

阿一與男孩四目相接，小男孩給了他一個微笑，此時突然颳起一陣強風，把火吹得更旺。

旺盛的火光遮蔽了阿一的視線，金色火花飛向空中。阿一急得站了起來，尋找那男孩的身影。

「阿一，你突然站起來幹什麼啊？」

純平驚訝地看著阿一。

「咦？啊，沒有啦……」阿一說著，離開了營火聚會。那男孩已經消失了。

他身後傳來會長活力十足的聲音。

「嗯——接著爲了感謝大家的安可，我們要唱一首『Stand by me』！」

又是一陣歡呼與掌聲。

阿一拋下熱鬧的營火晚會，走入三號小木屋後方的森林中。

「喂。」阿一輕輕喊了一聲，「你到底是誰啊？是你讓我看到剛才那些幻影的嗎？」

沒有人回答。山麓的森林中，只有連綿不絕的蟲鳴。

**原來那個洞是這麼來的啊**。阿一心想。只要瘟疫流行起來，大家就會去抓散布瘟疫的老鼠，然後集中起來，丟到那洞裡燒掉。

大神神社應該就是這樣舉行除疫祈禱儀式的吧。

沒有任何人知道的神祕除疫儀式。

**山穴家的祖先，或許就是看到這個儀式了吧**？

「阿一！」

突然被人喊了名字，嚇得他跳了起來。因爲他想得太過投入，根本沒發現有人接近。

他驚訝地回頭一看，原來阿幸就在身後。

噗通、噗通，他可以感受到自己的心臟跳個不停。心中有好多想說的話，但就是卡在喉嚨裡出不來。他有太多話想說，但就是不知道從何說起。

結果他說出的第一句話，就是「晚安」。

「我是來拿這個給你的。」

阿幸拿了某樣東西給他。那看起來像是一把乾枯的小花束，又像是一堆做壞掉的乾燥花……

阿一收下了那把乾巴巴的花草後問道：

「這是……什麼東西啊？」

「解毒藥草。」阿幸回答。

「我跟媽媽說了昨天的事情，她說『碰到瘟神之後，一定要吃解毒藥』。這就是解毒藥。等你回家之後熬來喝就好了。」

阿一心中又出現了許多疑問。

**昨天的事情，妳都跟媽媽講過了嗎？**

**妳媽媽相信這些事情嗎？不會覺得妳在騙人嗎？**

**為什麼妳家會有碰到瘟神之後該吃的藥草？**

可是，阿一這次還是連一個問題都問不出口。

「謝謝。」阿一只說了這麼一句，然後聞聞阿幸給他的藥草。

「嗯……有中藥的味道呢。妳說要熬來喝，該怎麼熬啊？」

「這些藥草剛好可以熬成一個小茶壺量的藥湯。在鍋子裡放入藥草和一小茶壺份量的水，用小火慢慢熬，等水滾起泡就可以了。等藥涼了要全部喝完喔，一滴都不能留。要一次全部喝光才行。」

「我知道了。」阿一點點頭，小心地將藥草收到防風運動衣的口袋裡。

「那我走囉。」阿幸說。

「咦？」

**這樣就要回去了**？阿一心想，卻沒能說出口。

「不回去不行了。」

阿一心中流過一股陰暗抑鬱的痛楚，並且攪成一團。

他終於鼓起勇氣詢問阿幸。

「我們還會再見面嗎？」

阿幸突然抬起頭，以堅定的眼神注視著阿一。然後用有些生氣的口吻，回答地簡單俐落。

「不會再見了。」

「爲什麼？」

「你問我爲什麼，爲什麼……」

阿幸眼中的悲傷似乎要滿溢而出。

「因爲你一定會忘記我的。」

「咦？」阿一驚訝地歪著頭。

「你一定會忘記我的啦。所以我們不會再見了。我要走了！你要保重喔！」

看著呆若木雞的阿一，阿幸轉身就要離去。

「等一下！」

阿一想都沒想，就用力抓住阿幸的手臂。但是阿幸沒有回頭。

她背對著阿一，站著不動，慢慢抬起頭來看著群山。

「我不會忘記妳。」阿一平靜地說著。

「不，你一定會忘！」阿幸生氣地回應。

「絕對，絕對不會忘記妳。」

阿一堅定地又說了一次，然後放開阿幸的手。

阿幸慢慢回過頭來看著阿一，就像看著什麼難以置信的東西。阿一則是給了阿幸一個溫柔的微笑。

「因爲妳的名字跟我最愛的女歌手一樣啊。妳是我最喜歡的阿幸。我跟妳說好，絕對不會忘記妳的。」

接著，阿一把手伸入放藥草的另一邊口袋裡，拿出他的寶物。

「這個送妳，謝謝妳的藥草。」

這次換阿幸不知所措了。

「這個……是什麼？」

「蟬脫下來的殼。昨天時間凍結的時候，這傢伙剛好在五號小木屋的牆壁上脫殼。今天早上就只剩下一個空殼了。我把它送給妳，當作紀念。」

「謝謝……」

阿幸從阿一手中接過蟬殼，總算露出了笑容。然後她深呼吸了一下，有些猶豫地揮揮手。

「那我走了……」

阿一伸出手來握住了阿幸的手。

「再見，阿幸。後會有期囉。」

阿幸踏出腳步，緊握的雙手也慢慢鬆開。阿一目送阿幸的背影慢慢消失在黑暗的森林中，直到完全看不見爲止。

此時傳來會長走拍的那首「Stand by me」。

有個人躲在樹蔭下，等著阿幸從山中走來。

「妳有好好交給他吧？」那人問了阿幸。

「我交給他了。可是媽媽，我不知道爲什麼要用到『忘憂草』啊。不是只要『解毒草』就好了嗎……？他又不知道我們的真面目，爲什麼一定要給他『忘憂草』呢？」

「小心點啊，阿幸。那孩子遠比妳想的要聰明、敏銳多了。妳想想，他有問過妳什麼問題嗎？他問過地址、電話號碼，還是住哪一帶嗎？一個都沒問吧？妳知道爲什麼嗎？」

「我不知道。」阿幸答得相當直接。

「因爲他已經發現了。他知道妳不是真正的人類。」

「怎麼可能……」阿幸正想開口，卻又吞了回去。

「只要喝下『忘憂草』的藥湯，他跟妳、還有夜叉丸共度過的時光，就會從記憶中消失。他會忘記曾經和妳相遇，也會忘記有關妳的一切。這樣才能放心，才能保護我們的祕密。聽好了，阿幸。一定要小心謹慎。變成人不礙事，捉弄人也無傷大雅。但是絕對不要跟人類太熟。只要跟人類扯上關係都沒好事的。明白嗎？」

阿幸嘆著氣點頭。

「知道了，媽媽。」

聽到阿幸的回答，那人總算滿意了。

「來，回山上去吧。明天就是朔夜了。」

那人說完，將銀色的尾巴轉了一圈，消失在黑暗之中。

第三天早上，開往車站的接駁巴士上坐了曼陀羅兒童會一行人，以及露營結束的五個家庭，全車爆滿。

巴士一開動，鮮香的夏日晨風與撼動森林的蟬鳴合唱，便從窗外流瀉而來。

那位管理員正在汽車露營場旁邊對著巴士揮手。

「那個人，我想起來了。」

萬屋會長坐在國中三人組前面，他跟弟弟萬次郎的對話，三人都能聽到。

純平跟大地已經進入彌留狀態，只有阿一豎起耳朵用心聽會長講話。

「我們之前每年都會租那個青少年野外活動中心不是嗎？那附近有間小小的西式民宿，他就是那裡的老闆啦。他也參加過村里旅行喔。哎呀，他整個人的氣質都變了，我差點就認不出來啦。之前應該是個更年輕、更有活力的人才對啊。」

「啊……是喔。」

萬次郎先生強忍著睡意，煩悶地搭著腔。會長不管他的疲憊，還是繼續說下去。

「剛才我去小屋裡還鑰匙的時候，才總算想起來。小屋裡放著他太太的照片，仔細一看，才想起他們夫妻倆有在經營民宿。名字叫什麼來著啊……樺山……不對，還是樺島嗎？我只記得民宿叫做『樺木』而已說……」

「啊……是喔。」

萬次郎爲了強調自己根本不想聽他說話，扭動著身體，背對會長，然後縮起來裝睡。

「那位太太去年過世了呢……」

阿一驚訝地吞了一口氣。

「本來是很健康的人啊。她有些胖胖的，總是笑容滿面。是個勤勞的人呢。自從他太太過世之後，他整個人就一蹶不振，連民宿也收起來了。現在我才發現，原來他跑到這裡來當管理員啦。他現在這麼消沉，真的嚇我一跳呢。而且看起來好像有點恍神的樣子。應該還沒振作起來吧。是說他老婆才剛過世一年，這也沒辦法。老婆先自己一步離開，那真的是很難過吧……真是太可憐了……」

會長最後是邊說邊打呵欠，接著就突然大聲打起呼來了。萬次郎看到哥哥竟然比自己還先睡，只能搖頭嘆息。

阿一聽著規律的鼾聲，又開始專心思考了起來。

**管理員太太過世了。為什麼瘟神要變成他過世的太太呢？**

**從洞裡逃出來的瘟神不想被我們發現，更不想被看守洞穴的大蛇抓到。所以祂逃到管理員小屋裡，看到裡面放著的管理員太太照片，才變成那個樣子嗎？**

**還是管理員的思念，在農曆七月的夜晚，把太太的魂魄喚回森林中，結果被瘟神給利用了呢？**

——你有看到我老婆嗎？

管理員曾經這麼問過阿一。他還不知道自己的老婆已經死了。以爲老婆只是出個門，還沒回來而已。就好像突然找不到那個熟悉的身影一樣。不對，或許管理員太太一直都在管理員身邊吧。那是瘟神化身的管理員太太的幻影。

「我老婆……是嗎？」阿一喃喃自語。

沒錯，那是他自己對夜叉丸和阿幸解釋過的事情。日本人把老鼠稱爲「新娘」。「新娘」、「御新娘」、「嫁君」……這些都是老鼠的別名，如今一口氣浮現在阿一腦中。

當巴士轉過一個大彎，阿一趁勢將臉探出窗外，回望那遠去的群山。

龍神岳和周圍的群山，彷彿披上了閃亮的翠綠斗篷，靜靜躺在明亮的夏日陽光下。

剛才還在阿一他們腳下的露營場，漸漸被綿延於山麓上的翠綠斗篷吸收，消失得無影無蹤。眼前僅剩一大片柔和的翠綠森林。

**現在應該還是在那片森林裡徘徊吧……**阿一心想。

從阿一眼前消失的幽靈男孩，以及管理員尋尋覓覓的管理員太太。

此時，阿一心中浮現了阿幸的笑容。

**妳從哪裡來，又要回哪裡去呢**？

直到最後，都沒能解開這個謎。

阿一深深吸了一口夏日灼風，把無謂的思緒給擠了出去。

「再見，阿幸。後會有期囉。」阿一在南風吹拂中嘟噥著。

# 14 從今而後

媽媽從剛剛開始就一直在看結婚典禮的照片，回憶往事。今天剛好是爸爸媽媽第十四次的結婚紀念日。

「媽媽，妳在想什麼啊？」

被小結一問，媽媽總算抬起頭，給了她一個微笑。

「媽媽在回想第一次跟爸爸見面的時候呀。以前我不是告訴過你們嗎？我第一次跟爸爸見面的時候，他才大小結兩歲，還是個國一生呢。」

「我記得啊。是在露營場對吧？我聽過好多次了。」小匠突然插嘴。

媽媽陶醉地點點頭。

「是呀。那年夏天，爸爸在露營場送了禮物給媽媽，而且還說絕對不會忘記媽媽呢。」

「然後呢？爸爸真的忘了媽媽的事情嗎？」小結問道。

「當然囉。」媽媽點點頭。

「我們長大之後重逢，爸爸一看到我就說：『我覺得好像在哪見過妳呢……』」

小結難以置信地看著媽媽。

「咦？這不是男人的把妹老招了嗎？媽媽被這種老套給騙了嗎？」

「哎呀，當然不只是這樣囉。因為當我說我叫『幸』的時候，你

們爸爸就說：『啊，跟我最喜歡的女歌手同名呢。咦？以前我好像也說過這種話喔。』」

「爸爸送妳的禮物應該是那個蟬殼吧？現在還留著嗎？」小匠問了。

「還留著呀。」媽媽微笑著說。

「我要看！蟬殼我要看！」小萌大喊。

媽媽有些傷腦筋地看著小萌。

「小萌對不起喔。那是媽媽最珍貴的寶物，沒辦法拿給妳看。它已經好舊、好舊，隨便一碰就會爛兮兮的，所以媽媽把它小心收著呢。」

小結一臉嚴肅地想著，「可是……第一次送禮物給自己喜歡的女生，怎麼會送蟬殼咧？如果是我，搞不好還會吐槽說：『噁！這什麼鬼啊！』我說爸爸真的很不會挑禮物啦。」

小匠忍著笑意，看著大家。

「妳們看今年會是什麼啊？結婚紀念禮物。去年的食蟲植物盆栽真是超酷的！不過當時大家要忙著找蒼蠅餵它，是有比較麻煩一點啦……」

小結沒好氣地瞪了小匠一眼。

「別講得好像都過去了一樣，現在我們還是得經常要抓蒼蠅餵它好不好。那個盆栽都不知道活多久了，真希望它快點枯死啊。」

「小結，不可以亂講。」媽媽訓了一聲。此時，房裡響起了輕柔的對講機鈴聲。

「是爸爸！」孩子們齊聲大喊，小萌更是拔腿衝向玄關。

「喂？爸爸嗎？」媽媽按下影像對講機的螢幕開關，畫面跳出的是爸爸，跟他手上那超大包的包裹。

「不好意思，我沒手了，可不可以來幫我開門啊。」

小結看著對講機的螢幕嘆氣。

「哇啊……我有很不妙的預感哩。」

小匠則是開心地偷笑。

「今年的禮物是特大號的喔。」

「歡迎回來！」

從玄關就可以聽到媽媽活力十足的聲音。

廚房正傳來結婚紀念大餐的陣陣香氣。

今天的菜單是烤全雞跟南瓜濃湯。

「我回來了！」

爸爸抱著一大包的禮物，出現在客廳入口。媽媽開心地走到爸爸身邊。

三個孩子交換了一下眼

神，深深吸了一口氣，然後齊聲大喊：「爸爸！媽媽！結婚紀念日快樂！」

爸爸和媽媽相視而笑。

爸爸有些靦腆地說了：「謝謝」。

「爸爸，這包禮物是什麼啊？」

小結膽顫心驚地問，爸爸則是得意地挺起胸膛。

「這是自動高麗菜切絲機喔。可以把整顆高麗菜一下子切成絲呢！」

眾人啞口無言。

小匠忍著笑意，小結嘆著氣，媽媽則是不知道該做什麼反應。

「什麼是自動高麗菜啊？」小萌看著爸爸的臉問道。

小匠對著小結說悄悄話。

「妳看這個怎樣？有比蟬殼進步一點嗎？」

小結稍微聳聳肩，皺起了眉頭。

「這哪有進步，根本是退步了吧？誰會一口氣吃一整顆切絲高麗菜啊？真是的……」

# 後記

信田家的故事也出到第四集了。這次的故事雖然是第四個出版，但是內容應該算是系列故事的原點，請把它當成「首部曲」來看吧。

爸爸和媽媽在那遙遠的夏夜，譜出了既嚇人又感傷的往事。「信田家！」的故事從此開始。畢竟如果爸爸跟媽媽沒有相遇的話，就沒有小結、小匠、小萌這信田一家人啦。

最近我開始覺得創作系列故事真的很有趣。只有一集是不足以描寫所有出場人物的過去與未來的，也不夠刻劃人性與性格的細節。只有不斷累積集數，才能更加完整。當我自己在寫故事的時候，也會重新發現「啊，原來這角色是這樣的人啊」或是「原來這傢伙也有這一面啊」而感到同意或驚訝。尤其這次在描寫孩提時代的爸爸跟媽媽，趣味感更是倍增。這一集當然也多虧了大庭賢哉先生的插畫，讓故事增色不少。大庭先生把二十幾年前的爸爸跟媽媽——也就是阿一和阿幸——畫得十分迷人。我在畫中看到兩人十幾歲的樣子，真的非常開心。

「爸爸跟媽媽是怎麼認識的？」、「人類爸爸跟狐狸媽媽怎麼會結婚呢？」，至此，我想應該可以回答各位讀者長久以來的疑問了吧。

爸爸與媽媽的相遇故事就到這裡結束，但是信田家的故事還會持續下去呢。

富安陽子

# 人狐一家親

## 富安陽子 著
## 大庭賢哉 繪

### 雲龍與魔法果實

人類爸爸與狐狸媽媽還有人狐混血的三個孩子奇幻冒險故事，在每日都守護著家庭祕密的信田一家裡，小小的龍突然闖了進來……

### 樹之語與石封印

因擁有人狐混血的信田家三個小孩，和人類朋友意外跳躍進了另一個時空，那裡的人都被石化封印了！

### 鏡中的祕密池

奶奶送來的雙面鏡頻頻出現異常景象，緊接而來出現的危機與怪異現象是否都和這個神祕的雙面鏡有關呢？

### 神祕森林驚魂夜

封閉的森林、詭異的魔怪傳說，這回時光倒回到爸爸和媽媽相遇的那一夜，因為夜叉丸闖下的禍，他們被囚禁在靜止的時空裡……

### 時光彼岸的人魚島

位在南島的飯店，向信田一家發出了邀請函，為什麼信田一家會受邀呢？關於這座島嶼的人魚傳說，真相究竟為何呢？

蘋果文庫 149

# 人狐一家親 4 神祕森林驚魂夜

シノダ！魔物の森のふしぎな夜

填回函，送Ecoupon


| | |
|---|---|
| 作者 | 富安陽子 |
| 繪者 | 大庭賢哉 |
| 譯者 | 林欣儀 |
| 編輯 | 呂曉婕 |
| 企畫編輯 | 郭玟君 |
| 封面設計 | 鐘文君 |
| 書名字體 | 黃裴文 |
| 美術編輯 | 黃偵瑜 |
| 文字校潤 | 許芝翊、鄭宏斌、吳依柔、蔡雅莉、呂曉婕 |
| 創辦人 | 陳銘民 |
| 發行所 | 晨星出版有限公司<br>台中市 407 工業區 30 路 1 號<br>TEL:(04)23595820　FAX:(04)23550581<br>E-mail:service@morningstar.com.tw<br>https://star.morningstar.com.tw<br>行政院新聞局局版台業字第 2500 號 |
| 法律顧問 | 陳思成律師 |
| 初版日期 | 西元 2012 年 11 月 15 日 |
| 二版日期 | 西元 2023 年 10 月 15 日 |
| 讀者服務專線 | TEL:（02）23672044 /（04）23595819#212 |
| 讀者傳真專線 | FAX:（02）23635741 /（04）23595493 |
| 讀者專用信箱 | service@morningstar.com.tw |
| 網路書店 | https://www.morningstar.com.tw |
| 郵政劃撥 | 15060393（知己圖書股份有限公司） |
| 印刷 | 上好印刷股份有限公司 |

**定價** 280 **元**

ISBN 978-626-320-506-2

國家圖書館出版品預行編目資料

人狐一家親4 神祕森林驚魂夜 / 富安陽子著；
大庭賢哉繪；林欣儀譯. —— 二版. —— 臺中
市：晨星出版有限公司，2023.10
面；　公分. ——（蘋果文庫；149）

譯自：シノダ！魔物の森のふしぎな夜

ISBN 978-626-320-506-2（平裝）

861.596　　112008947